Deseo®

TORMENTA DE SEDUCCIÓN

Cindy Gerard

HARLEQUIN®

Editado por HARLEQUIN IBÉRICA, S.A.
Hermosilla, 21
28001 Madrid

TORMENTA DE SEDUCCIÓN, Nº 1333 - 6.10.04
Título original: Storm of Seduction
Publicada originalmente por Silhouette® Books.

I.S.B.N.: 84-671-2223-4
Depósito legal: B-36215-2004
Editor responsable: Luis Pugni
Diseño cubierta: María J. Velasco Juez
Composición: M.T. Color & Diseño, S.L.
C/. Colquide, 6 - portal 2-3º H, 28230 Las Rozas (Madrid)
Fotomecánica: PREIMPRESIÓN 2000
c/. Matilde Hernández, 34. 28019 Madrid
Impresión y encuadernación: LITOGRAFÍA ROSÉS, S.A.
c/. Energía, 11. 08850 Gavá (Barcelona)
Fecha impresion para Argentina:20.7.05
Distribuidor exclusivo para España: LOGISTA
Distribuidor para México: CODIPLYRSA
Distribuidores para Argentina: interior, BERTRAN, S.A.C. Vélez Sársfield, 1950. Cap. Fed./ Buenos Aires y Gran Buenos Aires, VACCARO SÁNCHEZ y Cía, S.A.
Distribuidor para Chile: DISTRIBUIDORA ALFA, S.A.

Capítulo Uno

Estaba enamorada. Con un amor desesperado. Una mujer enamorada a veces hacía cosas censurables, cometía actos imperdonables en nombre del amor.

Tonya Griffin se internó más en el oscuro bosque rogando que el esquivo Damien no la viese. Agradeció haberlo podido localizar nuevamente. La primera vez que lo había visto, hacía poco menos que una semana, se había enamorado perdidamente de él. Desde entonces, esperaba con ansiedad volver a verlo. El amor disculpaba su irrupción en su privacidad y aquel abuso de confianza. Elevó la cámara, hizo los ajustes para adaptarse a la luz de septiembre y enfocó.

–Ya te tengo, gigantón –susurró y, evitando con cuidado un espino blanco, enfocó la lente.

Él todavía ignoraba que ella lo perseguía y que lo estaba fotografiando. Pero, sin embargo, como Tonya sabía que pronto se percataría de su presencia, se movió rápidamente para aprovechar la luz de la tarde antes de que se desencadenase la tormenta anunciada. Necesitaba trabajar pronto antes de que él desapareciese nuevamente. No le gustaría en absoluto que ella lo capturase, ni siquiera sólo en película.

–Perdóname, Damien –se disculpó. Ajustó el teleobjetivo y, aunque la temperatura era agradable, aquel primer plano le causó un escalofrío.

Era verdaderamente magnífico. Su mirada, oscura como el pelo que le poblaba el pecho, se perdía entre los pinos y fresnos desde su altura de más de un metro ochenta.

–Alto, moreno y peligroso –murmuró con una sonrisa–. El dueño de tu universo, ¿verdad?

La oscura cabeza se giró hacia ella y, con un profundo gruñido, la descubrió.

–¡Hala! –dijo ella y rápidamente bajó la cámara, porque sabía que había pasado de ser cazadora a presa en cuestión de un segundo.

El corazón le dio un vuelco y le latió como el de un conejito asustado, pero, a pesar del peligro, no pudo evitar hacer más tomas. Se oyó una sucesión de chasquidos de la cámara y el rugido de enfado de él reverberó en el bosque.

Sobrecogida, Tonya se quedó petrificada cuando él se lanzó hacia ella dando largas zancadas Se le ocurrió pensar que, si moría allí, tardarían semanas en darse cuenta de que faltaba. De repente, se sintió muy sola y asustada. A pesar de su pánico, la invadió una súbita pena al pensar en todas las cosas que había querido hacer en su vida, todas las cosas que se había perdido. Conteniendo el aliento, se preparó para el golpe que seguramente recibiría, cuando, por alguna increíble razón, él se detuvo de pronto y se dio la vuelta. Una bocanada de aire le inundó los pulmones cuando recobró el aliento de golpe al verlo internarse abruptamente en la espesura de pino y abedul.

–Me quiere –murmuró con una sonrisa temblorosa, los dedos rígidos por la fuerza con que había apretado la cámara, sintiendo una súbita presión en la vejiga, lo cual le indicó el miedo que había sentido–. Tiene que ser amor –se repitió comenzando a correr hacia la cabaña–, de lo contrario ahora estaría muerta, en vez de preguntándome si podré llegar al cuarto de baño antes de hacerme pis encima.

A pesar del tremendo susto y de la imperiosa necesidad que sentía, rió de alegría al haber podido pillar a Damien en su hábitat natural. Con sus más de trescientos kilos, era, sin lugar a duda, el oso pardo más enorme, feroz y hermoso de Koochinching Country, Minnesota, y durante un segundo, aunque sólo hubiera sido eso, había sido suyo.

–Increíble –murmuró Web Tyler al ver a la mujer reír y pasar a su lado como un rayo. Tonya Griffin ni siquiera se dio cuenta de su presencia.

No la conocía personalmente, pero había visto el trabajo de la galardonada fotógrafa de animales salvajes: por lo general fotografías en blanco y negro. Conocía su obra, al igual que cualquiera que hubiese mirado alguna vez un *National Geographic* o alguna de las otras revistas de vida salvaje. Todo el mundo sabía que ella tenía un talento indiscutible.

Por ello se encontraba allí. Tonya Griffin era la mejor. Y, como Web necesitaba lo mejor, había dejado la civilización a regañadientes y tomado un avión de madrugada para sacarla de aquellos bosques con un contrato exclusivo con Tyler-Lanier Publishing Group.

Pero todo se había ido complicando desde entonces.

Para empezar, el jet de la empresa no se encontraba disponible y había tenido que tomar un vuelo comercial hasta Minnesota. Pearl, su secretaria ejecutiva, había omitido informarle de aquel dato. Después de una espera interminable de tres horas en el Aeropuerto de Minneapolis, había logrado meterse en el avioncito que cubría la distancia de dos horas hasta International Falls, Minnesota, una ciudad de unos diez mil habitantes junto a la frontera canadiense. Y como no había coches de lujo en la única agencia de alquiler, había tenido que contentarse con un utilitario que tenía sus buenos kilómetros de uso.

Le habían dicho que tardaría dos horas en llegar a la reserva de osos donde se escondía Tonya Griffin. Dos horas si no se perdía. Pero se había perdido varias veces. Cuatro horas y treinta y siete minutos más tarde, había llegado finalmente, aunque casi se le había quedado el coche en un bache del tamaño de Alaska. Siguió a pesar del ruido extraño que había hecho desde entonces, porque no le quedaba más remedio. No tenía ni la más mínima idea de mecánica, del mismo modo que no sabía nada sobre la naturaleza ni sobre orientarse en un bosque.

Con los brazos en jarras, miró a su alrededor con el rostro serio y luego meneó la cabeza lanzando un suspiro. Hombre del asfalto hasta la médula, deseó que aquel encuentro con la tierra de los alces y los mosquitos se acabase cuanto antes. De pie allí, rodeado de rocas, árboles, cielo, y el silencio más profundo que había oído en su vida, se preguntó en qué diablos habría estado pensando.

Sobrevivir. Eso era lo que había estado pensando. En su reputación profesional. Para asegurarla, necesitaba a Tonya Griffin, tanto si ella quería tomar parte en el juego como si no. Lanzando un bufido, la siguió con la mirada. Lo sorprendía que ella no lo hubiese visto de pie a un lado del claro, pero admiró a la vez la concentración de ella, que la hizo pasar a su lado como si él fuese invisible. Y eso que medía más de un metro ochenta.

–¿Y ahora, qué? –se preguntó, al verla desaparecer en la vieja cabaña y cerrar la puerta. Su misión era diplomática, una misión de la que dependía su prestigio profesional–. Has venido para ser amable –se recordó, dispuesto a tolerar las excentricidades de ermitaña de la mujer.

Se inclinó a recoger la gorra de camuflaje

que ella había perdido en su carrera. Sí, se dijo, decididamente era tolerante, dándose una palmada en el cuello para espantar un mosquito.

Un portazo proveniente de la cabaña hizo que levantase la cabeza. El motivo de su viaje se hallaba allí, y una expresión de enfado le oscurecía los azules ojos.

–Se encuentra en propiedad privada –dijo ella. Se cruzó de brazos y lo miró con desconfianza.

Además, pensó él, en territorio hostil. Logró esbozar una sonrisa. No era tan difícil hacerlo. Resultaba fácil sonreírle a una mujer y, aunque aquélla no era una belleza, era bonita, con un estilo deportivo de «vecinita de al lado» típicamente americano.

–Me ha costado un triunfo encontrarla. Soy Web Tyler –dijo, dando un paso con la mano extendida, pero ella no hizo ningún esfuerzo por acercarse a él.

–Sé quién es –le dijo, recibiendo la gorra sin ofrecerle la mano

–Genial –dijo él, sin sorprenderse–, nos ahorraremos las presentaciones, porque yo también sé quién es usted.

–¿Qué quiere, Tyler? –dijo ella, mirándolo tras un silencio y un bufido irritado.

«Estar en cualquier sitio menos aquí, muñeca».

–Para empezar, no me vendría mal una taza de café.

–Driftwood Café –ofreció sin sonreír apoyándose contra la barandilla del porche y señalando con la barbilla el camino–. Unas veinte millas por donde ha venido, a la izquierda. No hay pérdida. La tarta también es buena.

Claro que no habría pérdida. Había pasado tres veces por el cruce donde se encontraba el Driftwood Café cuando se encontraba perdido. Sin poder evitarlo, lanzó una carcajada.

–No es exactamente un dechado de hospitalidad, ¿verdad?

–Estoy trabajando, señor Tyler. Me quedan unas cinco horas todavía.

–De acuerdo –dijo él, esbozando otra sonrisa amable cuando ella bajó la escalinata de la cabaña y pasó a su lado por segunda vez–. Esperaré hasta que termine para poder hablar.

–¡Como quiera! –dijo ella. Se detuvo, le lanzó una mirada y se encogió de hombros.

Sin poder evitarlo, fascinado, se quedó donde estaba, viéndola trabajar en el predio.

El sol de la tarde iluminaba la rubia melena femenina, que colgaba en una gruesa trenza despeinada hasta media espalda. Los suaves mechones que se le habían escapado le rodeaban el rostro como un halo, acariciándole la nuca. Trocitos de hojas y ramitas se enredaban en ellos como si fuesen una telaraña. Probablemente tendría también una o dos de ellas, se imaginó Web con un gruñido de desaprobación, dirigiéndose a la cabaña.

Se sentó en el escalón inferior, y apoyando los codos en las rodillas, descansó la barbilla en las manos, decidido a esperar que ella terminase. Tarde o temprano, ella tendría que hablar con él.

Mirándola, se sintió aburrido. No llevaba más de un par de horas en aquel sitio perdido de Minnesota y ya estaba aburrido como una ostra. Lo aburrían los árboles, lo aburría la promesa de soledad, lo aburría la infernal quietud de los bosques. Ya echaba de menos Nueva York y el ritmo de la ciudad, las luces y la velocidad. No podía permitirse estar apartado de la revista demasiado tiempo. Pero, según Pearl, tenía que contratar a la inimitable Tonya Griffin.

Tras oírla revolver en un pequeño cobertizo y verla salir cargando recipientes de algo que parecía pienso para perros, admiró el panorama. ¡Qué ridiculez! Lo desconcertó que su libido se despertase con aquella imagen. Aquella mujer no era su estilo en absoluto. De hecho, no sabía a quién le podría gustar. ¿Enamorarse de aquella diminuta fotógrafa que prefería los palmípedos a los hombres, y cuyo vestuario consistía en variaciones de caqui y verde?

Estiró las piernas, cruzó los tobillos y apoyó los codos en el escalón superior, preparándose a esperar. Ella no lograda esconder del todo la evidencia de que resultaba muy femenina. Con los ojos entrecerrados, Web vio que, tras los bolsillos de la camisa, algo se movía mientras ella corría de aquí para allá. Como hombre inteligente que era, se dio cuenta de que aquello indicaba claramente que ella tenía senos. Posiblemente bonitos, pero no parecía desear lucirlos. Inclinando la cabeza, la miró con mayor detenimiento y decidió que sus piernas tampoco estaban nada mal, al margen de picaduras de mosquitos, arañazos varios, moretones y rodillas sucias. Además, tuvo que reconocer que tenía un trasero superior. Ni siquiera los amplios pantalones cortos podían esconderlo.

Esconder. Aquélla parecía ser la palabra allí. No se la habían presentado nunca, pero sabía cosas de ella. Todo lo que le habían dicho de Tonya Griffin, la de los dulces senos, el trasero decididamente hermoso y la melena angelical, indicaba que ella quería esconder todo lo que fuese remotamente femenino, del mismo modo que se escondía de la civilización.

De más estaba decir que no era un tipo de mujer que él comprendiese. No es que ella no fuese relativamente atractiva. Tenía bonitos ojos azules, ojos que probablemente brillaban cuando se reía. Sus labios eran llenos y generosos, su nariz bonita, y su frente alta, lo mismo que sus pómulos. Era difícil imaginar lo que podía lograr con un poco de maquillaje.

Aquellas sí que eran las mujeres que él comprendía. Las mujeres que sabían maquillarse con arte, envolverse en ropa de diseño y arreglarse el pelo perfectamente. Él comprendía las uñas de manicura perfecta, las miradas insinuantes y los tacones de aguja. Apreciaba la sofisticación, la ambición y la forma en que se relacionaban las mujeres en la ciudad. Desde luego que no comprendía a una mujer que olía a repelente de mosquitos.

Pasó una media hora antes de que perdiese la paciencia y decidiese ver si podía hacerla quedarse quieta lo bastante como para tener una conversación, contratarla y marcharse de una vez por todas de allí. Acababa de ponerse de pie y sacudido el polvo de los pantalones cuando sintió que se le erizaban los pelos de la nuca.

Lo observaban. No sabía quién o qué, pero como su información indicaba que la única persona que vivía allí era Tonya, estaba claro que le quedaban pocas otras alternativas. Lentamente, giró la cabeza y se quedó inmóvil,

A unos dos metros, un oso pardo que parecía lo bastante grande y hambriento como para comérselo de un bocado se hallaba erguido sobre sus patas traseras, observándolo. Lanzó un profundo gruñido, haciendo que a él se le pusiesen tensos todos los músculos de su cuerpo, en una instintiva preparación para correr.

–No se mueva –oyó que Tonya decía en voz muy suave, calma, pero terriblemente seria, a poca distancia de él. No la había oído acercarse, de la misma forma que tampoco había oído al oso.

A pesar de que su instinto inicial había sido correr, y correr rápido, la verdad era que estaba totalmente paralizado. El oso de gigantescos dientes y garras afiladas como navajas lo estudiaba con sus ojos negros como alabastro y olisqueaba entre gruñidos.

–¿Lleva algo de comida encima?

Sin apartar la mirada del enorme animal, Web intentó pensar.

–No. Espere, sí. Mentas con chocolate –dijo, al recordar que había comprado las golosinas en una máquina del aeropuerto.

–Sáquelas lentamente del bolsillo. No haga movimientos bruscos. Tírelas a unos metros. Bien. Levante las manos con las palmas hacia arriba, para mostrarle que no tiene nada más.

Web hizo exactamente lo que ella le decía y luego observó en tenso silencio cómo el enorme palmípedo lo olisqueaba por última vez con curiosidad antes de alejarse con su paso bamboleante a recoger el dulce. Con sorprendente destreza, el oso le rompió el papel, se metió la chocolatina en la boca y luego se dirigió por el sendero hacia uno de los recipientes de pienso para perros que Tonya había distribuido por el claro. Cuando logró volver a respirar, Web inspiró profundamente, recogió su maltrecha dignidad y logró esbozar una sonrisa.

–Lección de supervivencia número uno –dijo, volviéndose hacia ella, que lo miraba con gesto adusto–: No te interpongas entre un oso y su comida, a no se que tú quieras convertirte en ella.

El chiste logró calmarlo, pero no consiguió conquistar a la reina del bosque en absoluto.

–Lección número dos: Tienes un solo intento para superar la lección número uno –dijo ella. Pasó a su lado y subió los escalones de la cabaña–. Óscar es uno de los muchos osos que vendrán a comer, y no todos son tan amistosos. Si fuese usted, aprovecharía este momento. La carretera y la civilización están en aquella dirección –señaló con el pulgar el camino y entró.

Él se quedó mirando la puerta que le cerró en la cara. Se pasó una mano por el pelo, y notó, avergonzado, que todavía le temblaba un poco.

–¿Te lo estás pasando bien, Tyler? –masculló, y subió los escalones ruidosamente tras ella, cerciorándose de que el oso se marchaba en dirección contraria.

No, no se lo estaba pasando bien. Primero, lo habían forzado dejar Nueva York. Luego había conducido en un trasto durante horas, perdido en un territorio totalmente desconocido. Finalmente, lo había recibido un marimacho de rodillas sucias y botas de combate que, a regañadientes, había evitado que su pellejo de novato se convirtiese en el almuerzo de un oso.

Decididamente, no había sido divertido. Su irritación, que ya llegaba a enfado, no se debía a que estuviese fuera de su elemento, ni a que ella fuese tan maleducada que no quisiese siquiera escuchar su propuesta. Su enfado era porque ella llevaba el control, algo que generalmente él poseía en cualquier negociación. Y saberlo le sentaba a cuerno quemado.

Por Dios, él no sabía de caminos de tierra llenos de baches, cabañas de troncos, acres y acres de árboles y osos de verdad. No estaba acostumbrado a que le dijesen que no, sin contemplaciones, y mucho menos que se lo dijesen sin siquiera darle oportunidad de que presentase su argumento. Aquél había sido el error fatal de la señorita Griffin. Por más incómodo que se encontrase, no estaba dispuesto a marcharse así como así. Si ella lo conocía, sabría algo muy importante sobre él: no siempre jugaba limpio, pero siempre jugaba a ganar. Y a aquella partida todavía le faltaba bastante para acabarse.

Tenía que encontrar la forma de llevarse a Tonya Griffin a Nueva York. Subió decidido los escalones: haría su trabajo y luego se marcharía. «De acuerdo, señorita Griffin, ¡que comience la partida!»

Capítulo Dos

En el instante en que Web levantaba la mano para dar un golpe en la puerta, sintió la vibración del teléfono móvil en su bolsillo. Lo sacó, vio el nombre en la pantalla y lanzó un suspiro.

–¿Sí, Pearl? –dijo, intentando ser paciente.

Se sentó en el escalón de arriba de la escalinata mientras Pearl le preguntaba sobre el vuelo y su búsqueda de Tonya Griffin. Pearl, además de ser su secretaria ejecutiva, era su madrina. Y, últimamente, la causante del latido constante que sentía Web en la sien derecha.

Mientras ella hablaba de aire fresco, lagos glaciales y magníficos bosques, Web recordó la conversación del día anterior, que había hecho que él se encontrase en aquellos escalones. Él había querido que se encargase de aquello su gerente ejecutivo, o su vicepresidente, Hawkins, pero Pearl insistió en que tenía que ser él quien volase a Minnesota a convencer a Tonya Griffin de que firmase un contrato en exclusiva para que él pudiese lanzar con buen pie su nueva revista, *Naturaleza Magnífica*.

Minnesota del Norte estaba a miles de kilómetros de las estupendas oficinas en el piso cincuenta y ocho del edificio en la Sexta Avenida.

«Soy un editor, no un leñador», dijo Web, pero su argumento cayó en saco roto.

«Como editor, es tu responsabilidad. Si quieres conseguir a C.C. Bozeman como cliente, necesitas a Tonya Griffin. Si sus fotografías no aparecen en el primer número de *Naturaleza Magnífica,* Bozeman no publicará sus anuncios en la revista. Si no hacemos publicidad de los equipos para el aire libre de Bozeman, la revista se habrá hundido antes de salir».

Cuando él insistió que no tenía tiempo para jugar a Tarzán, ella lanzó un profundo suspiro. «Webster, estás quemado, agotado, exhausto, después de la movida de la fusión. Te hará bien tomarte un respiro», había intentado convencerlo de que se tomase unas vacaciones.

Pearl le volvió a repetir que él tenía que disfrutar de la pesca mientras se encontraba allí.

Con la vista clavada en los árboles frente a él, Web trató de no pensar en Pearl, a quien quería a pesar de que fuese una metomentodo, ni en la imagen que veía en el espejo todas las mañanas. No estaba seguro de que le gustase lo que veía. Sus ojos castaños estaban opacos de... ¿qué? ¿Fatiga? ¿Aburrimiento? ¿Desinterés? ¿Remordimientos? Trabajaba mucho. Había perdido su interés por la loca carrera por competir. A la edad de treinta y tres, había excedido todos sus objetivos monetarios y, sin embargo, sentía que tenía que haber algo más. Algo. Lo que fuese, pero algo.

No se imaginaba que fuese a encontrar aquello en Minnesota del Norte. Desde luego que no lo encontraría buscando a una fotógrafa famosa no sólo por su trabajo, sino por su aversión por todo lo que se pareciese remotamente a la civilización.

–Supongo que habrás oído lo de Jimmy Lawler en Contabilidad.

El monólogo de Pearl interrumpió sus pensamientos. La podía imaginar de pie, dirigiendo su despacho ahora que él no estaba. Tenía setenta años, pero ella siempre declaraba cincuenta y ocho. Con sus vivaces ojos verdes, su cabello castaño rojizo perfectamente peinado y su impecable maquillaje, desde luego que daba el pego.

–Cuarenta años de edad –dijo ella, e hizo una pausa para asegurarse de que contaba con su atención–. Murió, la semana pasada. Seguramente en su lápida no pondrá: «Ojalá hubiese pasado más tiempo en el despacho».

Web pensó en Tonya Griffin, encerrada en la cabaña tras él.

–Webster...

–He venido, ¿vale? –dijo, porque a veces era más fácil ceder. Y porque, al fin y al cabo, Pearl tenía razón. Era verdad que necesitaba a Tonya Griffin si quería que *Naturaleza Magnífica* fuese un éxito–. ¿No te basta con ello?

–Sólo si me prometes quedarte donde estás al menos dos semanas. Me refiero a que mientras estés allí aproveches ese tiempo muerto. Tómate dos semanas para hacer que ella venga aquí, decidir sobre las fotografías y cumplir con nuestro programa para que la primera edición llegue a los quioscos dentro de seis meses.Te metí unos folletos en la maleta, cielo. ¿Los encontraste?

Sí, los había encontrado. Fotografías satinadas de un refugio cerca de la frontera con Canadá. Pescadores de sonrientes rostros bronceados sacando enormes peces del agua.

–Por última vez, Pearl, no me gusta pescar. No pienso hacerlo. Por Dios, aquí tienen mosquitos grandes como vampiros. Y osos, Pearl. Osos de verdad, con dientes y garras y apetitos enormes, dispuestos a comérselo a uno y acabar con una chocolatina de postre. Así que volveré en cuanto consiga que la tía ésta deje el quinto pino y se dedique a lo que le tenemos preparado.

–Dos semanas, ni un día menos –insistió Pearl, su tono de voz una mezcla de afecto, voluntad de hierro y decisión–. Después de todo, no te falta ropa.

Pearl se había tomado la libertad de comprarle un equipo completo en la tienda de C.C. Bozeman del centro y había hecho que le llevasen todo a su piso. Todo había estado allí cuando él había llegado a su piso por la noche. Web había metido todo en la flamante mochila sin enfadarse por la confianza que ella había tenido al mandarle las cosas antes de que él diese su consentimiento al viaje.

–Una semana –dijo, porque, después de todo, él era el jefe. Al menos cuando Pearl le permitía el lujo de pensar que sí lo era–. Pero te juro que si dices una palabra más...

–Trato hecho. No seas quejica. Estás allí, ¿no? Hemos logrado bastante por un día.

–«Nosotros» no hemos logrado nada. Pero tú, por el contrario...

–He logrado mover lo inamovible. Ya lo sé, cielo. Y, créeme, fue agotador.

Claro. Desde luego que fue agotador. Igual de agotador que resultaba pensar en intentar mover algo que claramente no tenía ninguna intención de que él lo moviese. Sin embargo, él si que se movió rápido y subió los escalones al ver que otro oso entraba bamboleándose al claro para dirigirse a uno de los recipientes de comida.¿Cómo diablos vivía Tonya así? Aquellos osos eran totalmente impredecibles. Eran capaces de comerse a un tío por una chocolatina.

Mejor sería que Pearl se olvidase de las vacaciones que insistía que él se tomase. Web decidió que aquella noche misma se encontraría a bordo del avión rumbo a su casa con un contrato firmado por Tonya en sus manos, mientras le quedasen las dos manos.

Tonya sujetaba un abollado hervidor de cobre bajo el grifo e intentaba no hacer caso al temblor que todavía le sacudía la mano. Web Tyler. Nunca se habría ocurrido que estaría allí.

Nunca se habría imaginado que estaría en ninguna parte. Se había pasado media vida evitando a los hombres como Web. Vale, se dijo mientras encendía el hornillo de la vieja cocina de gas. Se había pasado media vida evitándolo a él, no a hombres como él.

Web Tyler era el nieto de Fulton Tyler, del siniestro grupo Tyler-Lanier Publishing con sede en Nueva York. También había sido su jefe y el motivo de una de las mayores vergüenzas en su vida. Con el corazón desbocado, dirigió una mirada por encima del hombro a la puerta de la cabaña. Se dijo que tenía que controlarse, e intentó convencer a su ego herido de que él no tenía por qué haberla reconocido.

–La «señora Celofán» –murmuró, identificándose con el personaje de «Chicago» que nadie recordaba nunca y buscó en el armarito una taza de café. Al hacerlo, vio su reflejo en la ventana sobre el fregadero y le dieron ganas de vomitar.

Doce años. Hacía doce años que no veía a Web Tyler. Como él publicaba revistas y ella le vendía sus fotografías a las revistas, sabía que algún día se lo volvería a cruzar, por más que intentara evitarlo. Hasta se había imaginado su encuentro muchas veces: ella estaría impecablemente arreglada, la imagen del éxito y el estilo profesionales. Y él se quedaría boquiabierto al ver la mujer en que ella se había convertido.

Pues bueno, seguramente que estaba boquiabierto. Alargó la mano y se sacó una hoja de entre el pelo. Con ella salió una ramita. Haciendo un gesto de impaciencia, tiró a ambas en la basura y se limpió el rostro con la bayeta de la cocina. Pensó limpiarse las rodillas, pero desistió. Necesitaría un día entero en un salón de belleza para estar medianamente pasable.

Se dirigió hasta la ventana y levantó un poco la descolorida cortina de guinga para espiarlo. El hombre que llevaba años intentando olvidar se encontraba en el porche hablando por teléfono.

Estaba guapísimo. Lo único que los años le habían añadido era profundidad. Sus hermosos ojos castaños eran más profundos, al igual que las viriles líneas de su rostro. Su presencia ya apuntaba a los veinte años, pero a los treinta se manifestaba en toda su masculinidad.

Al verse tomada por sorpresa, con un aspecto que daba pena, la reacción de Tonya había sido esconderse como una imbécil. Ella, que nunca había huido de una confrontación en su vida.

Tras ella, el hervidor silbó y corrió a apagar el hornillo. Luego, haciendo una profunda inspiración para darse ánimos, se dirigió a la puerta. Seguramente, él no se marcharía hasta que ella lo escuchase y, la verdad era que ahora, pasado el susto inicial, odiaba haberse comportado como una cobarde.

Además, la curiosidad era más fuerte que ella. ¿Qué se le había perdido en Minnesota del Norte a Web Tyler, el magnate del mundo editorial, un animal urbano hasta la médula, un hombre que tenía subalternos que contrataban a subalternos para que les hiciesen el trabajo? ¿Por qué se había tomado la molestia de buscarla?

Abrió la puerta de un tirón justo cuando él metía en teléfono en el bolsillo con una mano y levantaba la mano para golpear en la puerta.

–¡Anda! –dijo, sorprendido y receloso–. Hola de nuevo.

–Si se conforma con un té –dijo ella sin preámbulos–, le ofrezco una taza. Una infusión de hierbas –añadió, casi desafiante.

–Me parece estupendo.

Le lanzó una mirada de incredulidad que hizo que él sonriese, lo cual la puso más nerviosa. Tan nerviosa que se dio la vuelta y lo dejó plantado frente a la puerta. Intentando no pensar en que probablemente la estaría observando, sacó otra taza del armario, se cercioró de que estuviese limpia y llenó ambas de agua hirviendo.

–Así que –dijo él mientras ella dejaba las dos tazas sobre la mesa de formica gris llena de rayones y con alguna que otra quemadura de cigarrillo–, éste es el hogar dulce hogar.

–De momento –dijo ella, sacando dos cucharas del cajón y cerrándolo con la cadera. Siguió la mirada de él, que recorría la pequeña cabaña y volvió a verla como un mes atrás.

Era rústica y espartana. Como muchas cabañas de la zona, consistía en una sola estancia construida en los años treinta, a la que mucho después se le había añadido un minúsculo cuarto de baño. Las paredes de pino, oscurecidas con los años, habían tomado un cálido color miel. Cubría el suelo, gastado y rayado por las innumerables pisadas, una enorme alfombra en suaves tonos grises, tierra y azul pálido, que dejaba al descubierto sólo el borde exterior de los veinte metros cuadrados de la estancia.

La cocina consistía en una pared de armarios de pino que alguien había pintado de azul hacía muchos años, un pequeño fregadero de hierro, una cocina de gas y un refrigerador del año catapún que había que descongelar todas las semanas porque su pequeño congelador se llenaba de estalactitas.

En el medio de la estancia se encontraba la mesa ante la cual se sentaba Tyler. Tonya había cortado unas flores silvestres que estaban bonitas hacía dos días, pero que ahora sólo era un triste índice de lo concentrada que ella había estado en su trabajo. Lo mismo sucedía con la cama doble sin hacer y que se podía usar como sofá llegado el caso. Contra la pared opuesta, sobre una losa de ladrillos, había una pequeña estufa de hierro. Sus brasas cubiertas con ceniza esperaban que llegase el frío aire nocturno para volver a arder alegremente.

Sí, desde luego que era espartana. Pero tenía electricidad y teléfono, cuando las líneas no estaban caídas, así que era un recinto palaciego comparado con algunas de las chozas de barro con suelo de tierra en las que ella había vivido en sus viajes alrededor del mundo. Estaba claro que Web Tyler, un hombre acostumbrado al mármol italiano, las alfombras persas y los objetos de arte, la consideraría una ruina.

Ella retiró una silla, de formica gris y cromo al igual que la mesa, y, dejando una cuchara junto a la taza de él, abrió la pequeña lata que contenía su infusión favorita.

–Manzanilla y menta con un poco de escaramujo –dijo, arqueando la ceja.

–Me parece fenomenal –dijo él finalmente y su tono hizo que a ella le diesen deseos de sonreír.

–¿Cómo me ha encontrado? –le preguntó–. ¿Y para qué?

–Yo no la encontré. Fue mi secretaria –dijo él sumergiendo la bolsita en el agua hirviendo como un perfecto caballero inglés tomando el té con su anciana tía–. Su agente la delató. Y, respondiendo a su segunda pregunta, tengo trabajo para usted, si le interesa.

–Pues, no –dijo ella, alargando la mano para agarrar el azúcar–. Ya tengo trabajo.

Él se echó hacia atrás y apoyó el brazo en el respaldo, la imagen de la confianza y el control.

–Le ofrezco el doble de lo que le pagan aquí.

Ella sonrió.

–¿Qué tiene de divertido? –preguntó él, inclinando la cabeza para estudiarla.

–Es divertido –dijo ella, revolviendo la infusión–, porque nada multiplicado por dos sigue siendo nada. Es divertido porque si me motivase el dinero, hace rato que me dedicaría a trabajar en un estudio haciendo fotos de moda o trabajando en publicidad.

–Pero tiene que comer, ¿o no? ¿Por qué no me deja acabar antes de cerrar la puerta?

Después de tomar un sorbo a su infusión caliente, ella lo miró a los ojos.

–Mire, señor Tyler.

–Web, tutéame, por favor.

–Web –repitió ella tras un leve titubeo y se preguntó cuántas mujeres además de ella se habían aturullado con sólo oír la voz de él. Aterciopelada, y, como un buen vino, se había asentado con el tiempo. Y ella tendría que haber madurado también.

–Si quieres algún encargo en particular, habla con mi agente. Él se ocupará de ello si cree que es algo que me interesará. No sé por qué no hablaste con él directamente en vez de venirte hasta Minnesota.

–No tengo ningún encargo –dijo él–, tengo un trabajo. Y me he asegurado de venir personalmente porque quiero ofrecerte un contrato en exclusiva.

Ella sorbió más infusión lentamente. Mezclado con la delicada fragancia de la manzanilla y la menta, la invadió su perfume, una mezcla totalmente masculina de hombre con especias y riqueza. Hacía mucho tiempo que lo único que olía era aire fresco, pino y repelente de mosquitos. Y mucho más desde la última vez que había pensado sobre la forma en que una buena colonia reaccionaba con la cálida piel de un hombre, mucho tiempo desde que echase en falta estar con un hombre e inhalar aquella embriagadora mezcla de cerca.

Y ahora no estaba dispuesta a perdérselo. Ahora el momento para... ¡Epa! ¡Un momento! ¿Qué acababa de decir él?

–¿Cómo?

–Un contrato exclusivo –repitió él golpeteando con el dedo en el borde de la taza sin darse cuenta–. Tyler-Lanier. Sí. Me has oído bien.

Ella lo miró a los ojos: una hermosa mezcla de tonos castaños, canela y moca y luego bajó la vista a las manos masculinas, consciente de la fuerza que mostraban y lo fantástico de aquella oferta. Hubo una época de su vida en que no habría dejado escapar semejante oportunidad.

–Lamento que hayas perdido el tiempo. Soy autónoma. No trabajo en exclusiva para nadie.

Él frunció el ceño como si no pudiese creer que le dijese que no. Ningún fotógrafo en su sano juicio rechazaría una oferta como aquélla. Excepto ella.

–¿Ni siquiera con total autonomía? –preguntó con calma y luego se inclinó hacia ella–. ¿Criterio artístico propio? ¿Cuenta de gastos ilimitada? ¿Y un salario anual de esta cantidad? –sacó una libretita del bolsillo de su camisa de montaña recién estrenada y escribió una cifra. Arrancó la hoja y la deslizó por la mesa hasta ponerla delante de ella.

Cuando ella vio la cantidad en dólares, no pudo evitar lanzar una exclamación.

–Va de broma.

–Totalmente en serio.

–No lo comprendo. ¿Por qué yo?

Web contempló a la mujer que se sentaba frente a él vestida de soldado. Se había limpiado un poquito, lo cual le indicó que bajo aquellas ropas habría un poco de vanidad femenina.

–¿Por qué tú? Porque eres buena. Yo necesito lo mejor. Así de sencillo. Y es una oferta excelente, Tonya –señaló.

Al verla fruncir el ceño, pensó en las opciones que tenía. ¿Cuánto debía decirle sin perder la ventaja que llevaba? Su concepto de Tonya Griffin era que bajo aquel exterior agresivo, era una mujer sin pretensiones, directa y práctica. En lo que se refería a negociaciones, era claramente una novata, lo cual no quería decir que fuese tonta y no se diese cuenta del juego de él. Siguiendo una corazonada, decidió decirle lo que consideraba que debía saber.

–No sólo serás exclusiva de Tyler-Lanier, sino que tus fotos saldrán solamente en la revista nueva que pensamos lanzar en los próximos seis meses: *Naturaleza Magnífica.* Cada número estará lleno de fotos de Tonya Griffin y nadie más que Tonya Griffin.

Aquello hizo que ella frunciese el ceño más todavía, lo cual, por algún extraño motivo, le causó cierta ternura. Se veía que intentaba hacerse la dura, pero aquello no iba con sus dulces ojos azules y sus largas pestañas, por no hablar de su piel ligeramente bronceada que parecía suave como un pétalo ahora que el barro no le manchaba las mejillas.

–Sigo sin comprender –dijo ella y sus cejas delicadamente arqueadas se fruncieron más todavía–. Me vienen a la mente media docena de fotógrafos, todos con más experiencia, todos con más técnica que yo, que podrían darle más prestigio a la revista.

Ajá, tampoco era una diva. Aquello lo ablandó más todavía.

–No quiero a ningún otro fotógrafo –dijo, recurriendo al encanto Tyler–, te quiero a ti. No necesito que tú me des prestigio, Tonya, Tyler-Lanier ya lo tiene. Lo que necesito es tu enfoque. Me gusta la forma en que ves las cosas. Me gusta el trabajo que haces. Y eso hace que seas tú a quien haya elegido para este puesto.

Ella se puso de pie y se dirigió a la puerta, abriéndola. Se metió las manos en los bolsillos posteriores del pantalón y, con las rodillas rectas, miró afuera de hito en hito. Su postura enfatizaba la esbeltez de sus piernas. Las manos que se había metido en los bolsillos estiraban la tela de sus amplios pantalones cortos, marcando la redondez de sus curvas.

Web sintió un súbito ramalazo de deseo sexual que lo sorprendió. Era una locura. No se sentía atraído por ella, en absoluto. De no ser porque C.C. Bozeman su mejor cliente, había condicionado totalmente su publicidad en la revista a que Tonya fuese la fotógrafa, ni siquiera estaría allí, intentando hacerse el simpático con aquella obstinada mujercita.

–Mira –dijo ella finalmente–, me siento halagada y me doy cuenta de tu situación, pero no puedo ayudarte. No quiero estar atada con un contrato en exclusiva –le lanzó una mirada por encima del hombro, los ojos velados por la decisión y un poquito de pena, antes de volverse hacia la puerta nuevamente–. Lo siento, pero mi respuesta sigue siendo que no –dijo, y salió de la cabaña, dejándolo sentado, mirándola.

–Obcecada como una mula –murmuró él para sí. Bien, no era la primera vez que trataba con mulas. Su abuelo había sido uno de los peores casos. Podría tardar un poco, pero de alguna forma Web siempre lograba convencer al anciano de su punto de vista. Se quedó mirando la puerta con expresión seria, despidiéndose de su vuelta a la ciudad aquella noche.

De acuerdo. Disponía hasta el día siguiente para hacerla entrar en razón. Lo que tenía que pensar era en la forma de convencerla. Todo el mundo tenía un precio y no creía que ella fuese la excepción, aunque, si la suma que le acababa de ofrecer y la total libertad creativa no lo habían logrado, no se le ocurría qué podía hacerlo.

Se puso de pie y salió al porche con el ceño fruncido. Caía la tarde. Había bajado varios grados la temperatura y se había levantado una brisa fresca con el ocaso. Un enorme banco de nubes negras se acercaba por el oeste. Todo aquello le dio mala espina. Con lo que le había costado encontrar el sitio durante el día, lograr llegar hasta International Falls en el medio de una tormenta nocturna sería un horror.

A lo lejos, cerca de los cacharros con comida, alrededor de una docena de osos se lamía las zarpas y apoyaba el lomo contra los árboles para rascarse. Una pequeña reyerta pareció surgir entre dos de los más jóvenes, pero acabó rápidamente cuando uno de los machos más viejos lanzó un profundo gruñido. Parecían seguir teniendo hambre y no le gustó nada la idea de caminar los trescientos metros en la oscuridad hasta donde había dejado aparcado el coche. Podía haber un escuadrón de igual de bichos rondando por los bosques en busca de carne fresca y preguntándose si él llevaría más dulces en los bolsillos.

Hablando de hambre, estaba famélico. Y los mosquitos también. Se espantó uno del cuello. Escrutó la penumbra con los ojos entrecerrados. Su reticente anfitriona se acercaba con un enorme brazado de leña para el fuego.

–Será mejor que te vayas –le dijo ella, pasando a su lado–. Son dos horas de viaje y como ésta es la última semana de la temporada de pesca, tendrás suerte si encuentras alojamiento en la ciudad. Y si comienza a llover, sí que se va a poner malo el camino.

–Pasé varios hoteles de camino aquí –dijo. No pensaba volverse a la ciudad en la oscuridad.

–Seguramente están completos. Será mejor que vuelvas hasta Falls.

Mejor todavía sería que se volviese a Nueva York, pero gracias a la cabezonería de ella, lo más cerca que estaría de la Quinta Avenida serían tres mil kilómetros.

–Bien –dijo. Un trueno retumbó en el oeste y se levantó una ráfaga de viento como innegable preludio de la tormenta que se cernía–, si estás segura de que no puedo convencerte...

–No puedes –le aseguró ella–. Lamento que te hayas tomado tanta molestia.

–Había que intentarlo –dijo él en tono agradable–. Además, no fue totalmente en vano. Puedo decir que he visto Minnesota. Y que compartí mis chocolatinas de menta con un oso.

Ella miró los osos, pareció pensárselo e hizo una oferta a desgana:

–¿Quieres que te acompañe hasta el coche?

Su orgullo masculino ganó por poco a su cobardía que gritaba: «¡Desde luego que sí!»

–No te preocupes, no pasa nada –logró decir. Estaba decidido a no esconderse tras ella, aunque se perdiese la vista de su trasero.

–De acuerdo –dijo ella, tras titubear un poco y encogerse de hombros–, como quieras. No te apartes del sendero y no tendrás ningún problema con los vecinos –recomendó, señalando con un gesto de la cabeza a los pocos osos que seguían congregados en torno a los recipientes de comida. Atravesó la puerta de la cabaña y la cerró con el pie tras ella.

Web se quedó mirando pensativo los cincuenta metros que lo separaban del pequeño aparcamiento donde había dejado el coche. Se preguntó qué tipo de recepción tendría al día siguiente cuando se volviese a presentar para intentar persuadirla nuevamente. Elevó la vista al cielo cada vez más oscuro mientras se acercaban las plomizas nubes, cargadas a reventar de lluvia. Retumbó un trueno, esta vez una clara amenaza. Una gota gorda le dio entre los ojos.

–Perfecto –mascullo, cansado, y se dirigió al sendero a paso rápido.

Capítulo Tres

Después de ducharse y darse abundante crema, algo que siempre se le olvidaba hacer, Tonya se puso un cómodo chándal color rosa pálido y unos calcetines abrigados. Acababa de echar un poco de leña en la estufa de hierro para mantener el frío a raya cuando un relámpago iluminó las ventanas de la pequeña cabaña.

–Uno, mil, dos, mil, tre– ... –contó por puro hábito mientras se secaba el pelo con la toalla.

Un tremendo trueno sacudió los armarios antes de que ella acabase de contar hasta tres. Con razón la vajilla estaba tan desportillada.

–Ése ha dado muy cerca –miró hacia el techo y oyó el sonido de la lluvia que caía a plomo sobre la cabaña. La ducha no era sitio para estar durante una tormenta eléctrica. Se alegró haberse duchado y lavado el pelo rápidamente en cuanto Web Tyler se fue.

Se estiró de puntillas a bajar un farol de aceite que había sobre la estantería de pino llena de antiguas novelas de vaqueros. En vez de preocuparse por Web Tyler preguntándose si habría llegado a la autopista antes de la lluvia, pensó cómo se encontraría Charlie. El viento, que ya se había convertido en ruidosos aullidos, sacudía las ramas de los pinos contra la cabaña.

–Una estructura antigua que ha soportado muchas, muchas tormentas –se dijo, para tranquilizarse cuando las luces parpadearon, pero la electricidad no se cortó.

Puso el farol sobre la mesa pensando en que Charlie había vivido allí, solo, en aquella cabaña, sesenta de sus ochenta años, desde mucho antes de que se hiciesen los tendidos de teléfono y electricidad. Le encantaban la soledad de aquellos bosques y sus adorados osos, a quienes llevaba seis décadas atrayendo a sus cuarenta acres de bosque con una dieta de nueces, bayas y pienso para perros, con la esperanza de protegerlos de los cazadores y los furtivos.

Lo había llamado al hospital el día anterior y le había asegurado que se estaba ocupando de todo. Le hizo prometerle que descansaría y se recuperaría y seguiría las indicaciones de los médicos. Charlie había tenido suerte de sobrevivir al ataque al corazón que había tenido hacía tres semanas, pero a pesar de su edad, podría recuperarse si se lo tomaba con calma.

La lluvia aporreaba el tejado de cedro y caía por el borde del alero como una cascada. Aquélla no era la primera tormenta que había habido desde su llegada a principios del mes. Minnesota era una tierra de contrastes: se pasaba del calor sofocante a un frío terrible a veces, como en aquella ocasión, todo en un mismo día. También tenía belleza además de soledad, en particular durante una tormenta como aquélla. La alegró pensar en que Charlie se encontraba a salvo y calentito en el hospital de Falls, mimado por una voluntaria sexagenaria de nombre Helga de sonrojadas mejillas.

–Sólo es una amiga –le había asegurado Charlie cuando ella lo fue a visitar hacía dos días.

–Si tú lo dices, Charlie –dijo ella y rió cuando él le lanzó una mirada airada.

Otro trueno, estalló en la estancia como un latigazo y rebotó en las paredes hasta acallarse.

–Mejor prevenir que curar –dijo Tonya, y buscó una caja de cerillas para cuando se cortase la luz.

Las encontró al lado de una vela en el cajón junto al de los cubiertos. Acababa de encender una cuando las luces titilaron nuevamente y luego se apagaron.

–Y la oscuridad se cernió con un suspiro –reflexionó en voz alta, levantando el tubo de fino cristal del farol para encender la mecha–. Estás volviendo a hablar sola, Griffin, qué se le va a hacer, es uno de los peligros de esta profesión –murmuró, ajustando el tubo nuevamente, de modo que la cabaña quedó bañada en una cálida luz dorada. La delicada fragancia a cerezas del aceite de la lámpara se mezcló con el aroma a bosque mojado y el de su champú. Cuando se pasaba tanto tiempo solo como ella, ya fuese por su trabajo en remotas partes del mundo o por elección cuando no estaba sacando fotos, su propia voz era la que oía con más frecuencia.

Charlie la comprendía. Se parecía mucho a ella. Era como un dócil oso más que deambulaba por la tierra que amaba y conocía como la palma de su mano. Como ella, era un solitario y se sentía contento con serlo. No era antisociable, como muchos la tildaban a ella. Parecía disfrutar de verdad con su compañía: la había invitado a entrar sin dudarlo cuando ella se presentó ante su puerta con su equipo fotográfico y su tienda de campaña solicitándole fotografiar sus osos.

Otro relámpago iluminó la oscuridad y el trueno que lo siguió fue tan fuerte y tan cercano que Tonya dio un respingo. Se apoyó la mano en el corazón para tranquilizarlo.

–¡Ostras! –logró decir cuando recuperó el aliento–. Seguro que ése ha derribado un árbol.

Por curiosidad, levantó el teléfono. Como se había imaginado, la línea estaba muerta. Eran tantos los kilómetros de tendido que atravesaban aquellos enormes bosques, que cada dos por tres había averías, sin necesidad de una tormenta monumental como aquélla. Volvió a pensar en Web Tyler. No le gustaba la idea de que se encontrase atrapado en aquel diluvio.

–Ya es un hombrecito, puede cuidarse solito –se dijo, riéndose ante su tonta rima.

Al menos, en la ciudad era perfectamente capaz de hacerlo. Pero allí arriba, donde mandaban los elementos, estaba en desventaja. Meneó la cabeza al recordar su aspecto perfecto, como para un anuncio de ropa de aventura. Aunque hubiese llevado una camiseta rota y unos vaqueros viejos, bastaba con mirarle el corte de pelo de cien dólares y las uñas arregladas por una manicura para darse cuenta de que era un chico de ciudad.

El corazón le volvió a dar un vuelco, pero no fue por la tormenta que bramaba en el exterior. Llevaba doce años convencida de que había superado el amor que había sentido por él, pero se dio cuanta con un sobresalto de que había estado engañándose. Y él ni siquiera la recordaba. Si no hubiese sido tan patético, habría resultado cómico. Podría haber reído de la ironía, pero, de repente, la puerta de la cabaña se abrió de golpe, dio contra la pared y le proporcionó un susto de muerte.

Durante varios segundos se quedó pasmada, con los ojos muy abiertos mientras la silueta de un hombre empapado y furioso llenó el vano de la puerta cual monstruo de película de terror.

–Muchas gracias por la invitación a cobijarme de la lluvia –masculló la aparición, salpicada de barro. El bulto era una mochila, no la joroba de Cuasimodo. Entró y cerró la puerta.

Tonya no supo si reír de alivio al ver que él no era un asesino en serie o maldecir a los dioses por haberle mandado a Web Tyler nuevamente hasta su puerta.

Web llevaba una hora furioso, pero ya estaba un poco más calmado y veía el mundo un poco más de color de rosa. Calcetines rosa, mejillas rosa, labios rosa. Tonya, la «Rambo» de Minnesota estaba adorable vestida de rosa, quién lo hubiese imaginado. Con el cabello mojado suelto sobre los hombros, tierna y femenina y... ¡demonios!

Estaba empapado, tenía frío y se sentía tan aliviado de no seguir deambulando ahí afuera en el mayor diluvio desde el del Arca de Noé, que no tenía tiempo para pensar en aquello. Ya analizaría su reacción más tarde, cuando no tuviese las botas llenas de barro y los dientes le dejasen de castañetear. En aquel momento, sólo podía pensar en ropa seca y unos cinco litros de la infusión que se le había atragantado antes. Cualquier cosa con tal de entrar en calor.

–¿Te encuentras bien? –le preguntó ella, titubeante.

–Si pensamos que el cacharro ése que alquilé se me había parado y acababa de bajarme cuando se le cayó el árbol encima, sí, creo que podríamos decir que estoy estupendamente.

–Oh, Dios santo.

–Sí –gruñó él y un escalofrío lo sacudió.

–Estás congelado –dijo ella, su expresión de sorpresa tornándose en preocupación–. Necesitas quitarse esa ropa mojada y ponerte algo seco,

Web dejó caer su mochila, que aterrizó con un ¡Splash! Ambos se quedaron mirando cómo el agua manaba de la bolsa de nylon, haciendo un charco a su alrededor.

–A menos que haya algo por ahí de mi tamaño, me parece que no tengo demasiadas posibilidades de ponerme ropa seca.

–Ya encontraré algo –dijo ella–. Por ahora, quítate esa camisa.

Viniendo de cualquier otra mujer, él lo habría tomado como una invitación. De aquélla, era una orden.

–¿Qué pasó? –le preguntó ella mientras él intentaba desabotonar la camisa con dedos entumecidos y torpes por el frío.

–Por los pelos –dijo él, y un nuevo escalofrío lo recorrió de la cabeza a los pies–. El coche se me paró al pasar por un badén.

–¿De qué profundidad?

–Oh, poco más de medio metro.

Ella masculló algo sobre los tontos y los caminos inundados y la estupidez y al ver lo difícil que le resultaba a él desabrocharse la camisa, le apartó los dedos y comenzó a hacerlo ella.

–Logré sacar mis cosas –se calló para apretar los dientes y evitar que le castañetearan antes de proseguir–, y salir pitando antes de oír un terrible chasquido. Sentí que la tierra temblaba y me di cuenta de que algo serio sucedía.

–Se cayó un árbol.

–Sobre el coche –aclaró él.

Ella le tironeó de los faldones de la camisa y se la deslizó por los hombros.

–¿Árbol grande o pequeño?

–¿Qué te parece una secuoya?

Ella le lanzó una mirada de incredulidad.

–Mira, prueba a estar de pie mirando hacia arriba cuando un árbol se te cae encima y a ver si tú no pensarías lo mismo. Era grande. Lo bastante grande como para aplastar el coche y dejarlo como una tortita.

–¿Aplastarlo? –dijo ella, quedándose quieta–. ¿Se puede conducir?

–¿Conducir? ¡Ni siquiera se lo puede ver, preciosa!

Los suaves dedos, cálidos contra su piel helada, titubearon y luego le rozaron el omóplato con inocente sensualidad cuando lo hizo girarse hacia la luz para examinarle la espalda.

–¡Ay! –exclamó él cuando ella le tocó una zona dolorida.

–Parece que no pudiste esquivar al árbol del todo –murmuró ella.

–Sabía que algo me había dado. No me quedé a esperar a ver qué era.

–Ponte aquí –le ordenó ella y señaló la silla que apartó de la mesa.

–Llenaré todo de barro.

–Ya le diremos a la asistenta que limpie por la mañana –dijo ella con cara de piedra y fue al cuarto de baño. Volvió rápidamente con una pila de toallas.

–Es una cabaña –señaló cuando vio que él seguía de pie donde lo había dejado–. Una vieja cabaña y el suelo ha visto más de un poco de barro y agua. Ven hacia aquí para que pueda mirarte el hombro a la luz.

Decididamente, no era la dulzura personificada. Web se quitó las botas y los calcetines empapados y los dejó en una pila con la camisa junto a la puerta antes de dirigirse con pasos rígidos hasta la mesa. Aceptando la toalla que ella le ofrecía, hundió el rostro en ella y luego se frotó vigorosamente el pelo mientras ella levantaba el farol y le examinaba la espalda.

–¿Te duele? –preguntó, tocándole el omóplato nuevamente.

Él negó con la cabeza, intentando no pensar el aquellas cálidas manos sobre su piel que lo hicieron temblar casi más que el frío que lo sacudía.

–¿Y aquí?

–¡Ay! Sí –gritó cuando ella apretó más fuerte–. ¿Era ésa la respuesta que esperabas?

Tonya prosiguió el examen con mayor suavidad. Se estiró para dejar el farol nuevamente sobre la mesa. El roce de sus pechos contra su espalda fue accidental, cálido y firme y demasiado provocativo como para no darse cuenta, aunque se sintiese como un carámbano sentado allí, haciendo un charco en el suelo. Le examinó el brazo como una profesional, levantándolo, haciéndolo moverlo hacia un lado y luego otro, probando su extensión y movilidad.

–Sólo una contusión –dijo finalmente, soltándolo–. Fuerte, pero nada roto.

–Lamento desilusionarte –dijo él, rotando el hombro con gesto de dolor.

Ella no respondió y se dirigió a un armario del que sacó una botella de whisky canadiense.

Web sintió deseos de llorar de gratitud cuando ella sirvió una generosa medida y le dio el vaso.

–Esto te quitará un poco el frío del cuerpo.

Mientras él disfrutaba del calorcillo de la bebida al tragarla, ella rebuscó en una cómoda y finalmente encontró una pila de ropa.

–Es de Charlie –dijo, alcanzándole una camisa de franela, unos vaqueros suaves de tan gastados y unos gruesos calcetines de lana–. Seguro que te quedarán grandes, pero están secos y son abrigados, que es lo que necesitas ahora. Tienes que entrar en calor y quitarte esos pantalones mojados antes de que te enfermes. El cuarto de baño es todo tuyo.

Estaba tan aterido, que se sentía como si tuviese ochenta años en vez de treinta y cinco al levantarse e ir arrastrando los pies con los dedos azulados de frío hasta el minúsculo baño.

Supuso que debería decir algo. Al menos, «gracias y lamento incordiar». Pero, la realidad era que, a pesar del frío que sentía, se encontraba lo bastante alerta como para darse cuenta de que aquélla era una oportunidad. Estaba tan ocupado pensando en cómo sacarle provecho, que no se le ocurrió qué decir.

Ya que había sobrevivido a su primero y esperaba que último diluvio de Minnesota, se encontraba en una situación perfecta para conseguir lo que deseaba. Tenía que compartir la cabaña con Tonya Griffin, al menos por una noche. Desde luego que él no habría llegado al extremo de hacer que un árbol aplastase su coche ni a ahogarse en la lluvia, pero ya que había sucedido, le podría sacar provecho al tema. Un buen empresario aprovechaba todas las oportunidades que se le presentaban. Aquélla le había sido servida en bandeja de plata y él era un excelente empresario.

No se necesitaba ser un experto en naturaleza para darse cuenta de que el camino estaba bloqueado y que no había mucha posibilidad de que nadie entrase o saliese de allí aquella noche, y ni quizá en varios días, lo cual significaba que ella tendría que soportarlo un tiempo y no tendría más remedio que escucharlo. Era una oportunidad insuperable para ganársela.

Ahora que tenía la oportunidad, sabía cómo llevar el tema de allí en adelante. Tenía todas las bazas en la mano. Si no podía convencer de que se hiciese rica a una fotógrafa cabezota, antisociable y amante de los osos, estaría acabado.

–Toma –dijo ella tras él, antes de que cerrase la puerta. Cuando se dio la vuelta, ella le dio una vela encendida–. Necesitarás esto para poder ver lo que haces.

Él alargó la mano y ambos vieron lo mucho que le temblaba. A pesar de la ayuda del whisky, él sentía que los huesos se le habían convertido en cubitos de hielo. Tonya pasó a su lado y le dejó la vela sobre lo que parecía ser una pequeña cesta para la ropa.

–Ojalá te pudiese ofrecer una ducha, pero, como te dije, sin electricidad, la bomba no funciona. Guardé un poco de agua antes, pensando que se cortaría la luz. Calentaré un poco en la cocina para que te laves, sólo me llevará unos minutos. La lluvia te ha limpiado casi todo el barro, de todos modos –dicho lo cual, cerró la puerta.

Web se quedó de pie a la luz de la titilante vela y la sorprendente y excitante visión de un conjunto de braguitas y sujetador de encaje rosa colgados del tubo de la cortina.

No se le hubiese ocurrido jamás que bajo aquella ropa de fajina color caqui a Tonya le gustase llevar encaje sobre la piel. Y tampoco que él se excitaría al ver aquella delicada lencería. Sin poder evitarlo, alargó la mano y la tocó. Estaba mojada. Era evidente que ella había lavado el conjunto y lo había puesto a secar.

Los escalofríos comenzaron nuevamente así que lentamente se quitó los pantalones mojados y los echó en el cubículo de la ducha. Se quedó en calzoncillos, calentándose las manos a la luz de la vela y mirando aquellos trocitos de encaje color de rosa hasta que ella llamó a la puerta suavemente.

–El agua caliente –anunció.

Cuando él abrió la puerta, se encontró la cacerola de agua en el suelo y la agarró, ansioso. Le dio risa la ilusión que le causó un miserable litro de agua caliente.

–Oh, qué bajo han caído los dioses –masculló, pensando en su lujoso ático, con su maravillosa vista de la ciudad y una bañera lo bastante grande como para jugar con un barco de guerra dentro.

–¿Me hablabas? –se oyó del otro lado de la puerta.

–Gracias –dijo él, hundiendo los dedos helados en el agua y gimiendo de placer.

–De nada.

–Eres un encanto, preciosa –murmuró él para que ella no pudiese oír.

Mientras miraba la excitante ropa interior, se sintió un poquitín culpable por el plan que estaba urdiendo, pero tenía que lograr que ella firmase en la línea de puntos.

Pero... ¿por qué culpabilidad? Al fin y al cabo, le hacía un favor. Primero, le ofrecía una jugosa oferta. Segundo, ¿cuánto hacía que un hombre no le decía que era bonita y vital?

–Mucho, a juzgar por lo poco amigable que es.

Sólo era cuestión de tiempo, decidió, hundiendo la manopla en el agua antes de que ésta se enfriase. Tenía que lograr ablandar a aquella rubia de trenza despeinada y ojos profundos como lagos. Se mostraría atento e interesado en su trabajo y le haría ver que también estaba interesado en ella. Un flirteo inocente, un poco de broma y juego para recordarle que no sólo era una fotógrafa ermitaña.

Era una mujer. Necesitaba que se lo recordaran. Una mujer con deseos de mujer y debilidades femeninas como el encaje, la luz de las velas y un poco de interés masculino. Y él era un experto en explotar aquellas debilidades. Cuando todo volviese a su cauce, ella se sentiría mejor con respecto a sí misma y él conseguiría su contrato. Todos contentos.

Seguía helado como un pez. Se puso la camisa con dificultad. Tal como ella había dicho, la ropa era enorme, pero era un placer sentir la suave y cálida franela contra la piel. Lo mismo le sucedió con los calcetines.

Estaba de espaldas a la ducha, a punto de ponerse los vaqueros, cuando algo le cayó sobre la cabeza. Eran las minúsculas braguitas de encaje color rosa. Como hombre que era, no pudo evitar acariciar la sensual tela antes de acercárselas al rostro e inhalar la fragancia floral de jabón y mujer. Por primera vez desde resguardarse de la lluvia, sintió que el calor le corría por las venas, subiéndole la temperatura del cuerpo.

Tonya revolvía una cacerola de sopa de pollo en el hornillo de gas cuando oyó que la puerta del cuarto de baño se abría y se cerraba.

Era ridículo, pero al recordar que había lavado su ropa interior y la había colgado en el tubo de la cortina, había oscilado entre el estoico fatalismo y la vergüenza total.

¿Qué tenía de malo? Usaba braguitas color rosa. Y a veces, rojas, o azules, o color melocotón. Y, cuando le apetecía, negras. Él habría visto ropa interior de mujer antes, probablemente habría quitado bastante. Era una tontería sentirse mal porque él le hubiese visto la suya. Entonces, ¿por qué sentía que era algo tan íntimo? Porque prácticamente lo acababa de desnudar, porque le había visto los anchos hombros desnudos, la sólida musculatura de su pecho y sentido su piel bajo sus dedos.

Porque doce años atrás se había enamorado de él como una tonta. Porque todavía tenía la habilidad de hacer que su patético corazón se desbocase. Y ni siquiera la recordaba. Cómo podía ser tan imbécil de seguir emocionándose con él.

Cuando lo oyó cruzar la estancia hacia la estufa, sintió que se moría de vergüenza. Haciendo una profunda inspiración, intentó decir algo, pero él habló primero.

–¿Quién es Charlie? ¿Es pariente de «Hulk»? –preguntó él, con una risa, mirándose.

Se había arremangado la camisa y arrebujaba la cintura de los vaqueros en un puño para que no se le cayesen. También se había enrollado los pantalones, pero le seguían quedando largos y los arrastraba al caminar.

Tenía treinta y tres años de edad y era uno de los hombres más poderosos del mundo editorial pero en aquel momento parecía un niño disfrazado con la ropa de su padre.

–Buscaré algo para que te sujetes esos pantalones –le dijo Tonya, dejó el cucharón y le bajó el fuego a la sopa. Dirigiéndose a la cómoda, revolvió un rato y encontró un cinturón y un par de tirantes de rayas azules y rojas. De puro maligna, optó por los tirantes.

–Aquí tienes.

Él los recibió con una mirada que quería decir: «estás de broma».

–Ahora dame un hacha o una motosierra. Soy el leñador perfecto.

–No lo creas.

–Tienes razón. «Aunque la mona se vista de seda...»

Ella recordó la primera vez que lo había visto de traje. Casi se había caído redonda allí mismo.

–¿Tienes hambre? –le dijo, intentando apartarse del recuerdo.

–Dios santo. ¿Me vas a dar de comer? ¿Quieres que te compre una isla o algo por el estilo?

–Tienes hambre –dijo ella, sonriendo–. Siéntate. Si todavía tienes frío, agarra la mantita de la mecedora y póntela en los hombros.

–Estoy mucho mejor, gracias. Creo que nunca había tenido tanto frío en mi vida.

–¿Te gusta la leche?

–¡Desde luego! Dios santo, eso huele que alimenta –dijo tras ella, oliendo con placer la sopa.

Ella también inhaló con placer. Una mujer recién salida de la ducha olía a flores y cítricos. Un hombre recién salido de la ducha olía a hombre. Aquel hombre salido de la lluvia olía a limpio y a fresco y tan masculino que sintió que se le agarrotaba la garganta. Hacía tanto que no sentía aquello, que le temblaron un poco las manos al dejar de lado el cucharón y apagar el fuego.

–Es una sopa de pollo casera común y silvestre –le dijo, alejándose de aquellos aromas tentadores para dirigirse al armario a buscar un cuenco–. No precisamente la cocina sofisticada a la que estás acostumbrado en la ciudad.

–A ver si dejamos algo en claro –dijo él, apoyándole las manos en los hombros y dándole la vuelta para que lo mirase–. No estoy acostumbrado a defenderme de osos hambrientos, conducir por caminos inundados, evitar árboles caídos y buscar dónde cobijarme en una tormenta. Y, aunque no me creas, no estoy acostumbrado a presentarme en un sitio sin invitación, y menos cuando está claro que la dueña de casa no aprecia mi inesperada compañía y, a pesar de ello, me seca, me da ropa y comida –le dio un apretoncito en los hombros–. Tonya, ¿crees que después de todo lo que has hecho por mí me voy a quejar de la comida, una comida que no sólo huele bien sino que me recuerda a la cocina de mi madre?

Sus ojos estaban oscuros a la tenue luz del farol y la vela que había sacado del cuarto de baño y su expresión era sincera. Se lo quedó mirando un momento en un silencio estupefacto mientras él la miraba con una expresión amable, benévola y divertida.

Toda la tranquilidad que Tonya sintió al oír sus palabras se apagó de repente, como hacía un rato la luz. Hacía muchos, muchos años, doce para ser precisa. La noche de la fiesta de Navidad de Tyler-Lanier. Ella estaba en el asiento de atrás de un taxi. Él se había ofrecido a llevarla a casa. Había sido el equivalente del príncipe cortejando a la plebeya. Era el tipo de cosas que no le ocurrían a Tonya. Estaba que flotaba en una nube. El hecho de que él la llamase Tammy todo el rato la había molestado un poquito solamente. Además, había tomado suficiente champán como para considerar su oferta como su oportunidad de dar el siguiente paso.

Seducida por sus sonrisas, se le había echado a los brazos en el asiento trasero del coche y había sorprendido a ambos al besarlo de repente con atrevimiento.

Había sido maravilloso, tal como había imaginado que sería besarlo, hasta que él había acabado con el beso y su euforia. La expresión de su rostro cuando le había tomado los brazos para quitarlos de alrededor de su cuello había sido como la que tenía ahora.

Amable. Benevolente. Divertida.

Capítulo Cuatro

–Preguntabas sobre Charlie –dijo Tonya abruptamente, para no pensar en la vergüenza de aquellas navidades y reducir la intensidad del momento. Se volvió hacia la cacerola. Todavía le temblaba la mano cuando sirvió una generosa ración de sopa y pasó el cuenco–. Ésta es la cabaña de Charlie Erickson. Lleva más de sesenta años aquí, suplementando la dieta de los osos con nueces, bayas, pienso para perros y lo que consigue que le den los dueños de las tiendas de comida y los restaurantes. De los aproximadamente ciento cincuenta osos de Koochingching, entre cuarenta y sesenta de ellos saben que en el terreno de Charlie encontrarán un refugio seguro y se congregan aquí por la noche y la mañana.

–¿Un refugio seguro? –preguntó él, tomando una cucharada de sopa.

–De los cazadores. La temporada de caza comienza la semana que viene, así que les ha estado aumentando las raciones con la esperanza de alejarlos del peligro. Habrás visto los carteles que ponen «Vedado de Caza» cuando entrabas.

Él asintió con la cabeza y bebió un buen

trago de leche. Comía como un hombre, disfrutando con la comida, no como un niño de papá de la ciudad. Eso le gustó.

–¿Y dónde está Charlie ahora?

–Recuperándose de un ataque al corazón en el hospital de International Falls.

–¡Hala! –dijo él y la cuchara se detuvo en el aire.

–Para los ochenta años que tiene –dijo ella, afanándose en limpiar con una bayeta la cocina–, está bien. Han transcurrido dos semanas desde el ataque. El daño ha sido mínimo. Podrá venir a casa dentro de diez o quince días.

–Y tú piensas quedarte y ocuparte de sus osos hasta que esté recuperado –dijo él, apoyando un codo en la mesa y mirándola.

–Me parece lo correcto –dijo ella, encogiéndose de hombros–, ya que él tuvo la amabilidad de permitirme que los fotografiase.

Después de lanzarle una larga mirada, él volvió a su sopa. Lo único que se oía era el sonido de la tormenta mientras comía. La oscuridad y los elementos los aislaban del resto del mundo, pero no lograron ahogar los pensamientos de ella.

Tonya había llegado a Nueva York desde el pueblo de Manchester, Iwoa, cargada con un montón de tontas ilusiones, un puñado de sueños, un certificado de Formación Profesional y un talento sin desarrollar. Su primer trabajo había sido como ayudante de fotógrafo en el Tyler-Lanier Publishing Group. También había sido el último en la ciudad. Alguien lo había llamado «recortes de personal». Le habían dado el papelito color rosa el día de Navidad. El día después a hacer el ridículo más espantoso al lanzarse a los brazos de Web.

–¿Cómo te enteraste de este sitio? –la profunda voz de Web la volvió a la realidad.

–¿Cómo se entera un fotógrafo de esas cosas? Otros fotógrafos. Estuve con los Jesup trabajando para *Vida Salvaje* –dijo ella, refiriéndose a los conocidos fotógrafos que la habían cobijado bajo su ala hacía varios años y le habían enseñado la profesión.

–Me contaron que ellos habían hecho un reportaje fotográfico sobre los osos para *Parade Magazine* hacía unos treinta años. Jamás se olvidaron de Charlie ni de Minnesota y los osos y hablaron de la experiencia con mucho afecto y decidí experimentarlo por mí misma. Cuando acabé mi reportaje sobre Australia el mes pasado –dijo, acercando la cacerola a la mesa para rellenarle el cuenco–, me quedaba un poco de tiempo libre y decidí pasarlo aquí.

–Y ahora sabes qué fascinó a los Jesup.

–Ahora lo sé –dijo ella, contenta a su pesar de que él la comprendiese.

–¿Y vale la pena? –volvió a apoyar los codos en la mesa, con el vaso de leche entre los dedos.

Ella no pudo evitar que las manos de él le llamasen la atención. No eran las manos de un obrero, pero eran fuertes, surcadas por venas, de largos dedos. Una imagen de aquellos dedos recorriéndole la piel y tocándola en los sitios más íntimos, hizo que se volviese a ruborizar. Desvió la mirada y apartó la cortina para simular que miraba afuera. Se había hecho de noche y lo único que se veía era la lluvia que golpeaba la ventana.

–¿A qué te refieres? ¿A las fotos de los osos?

–A la vida solitaria, nómada. ¿No echas en falta la ciudad?

Ella soltó la cortina y, porque en presencia de él sentía necesidad de hacer algo todo el tiempo, ajustó el tiro de la chimenea. No le gustó que él hubiese tocado un tema que la había turbado últimamente. Llevaba una vida solitaria y a veces se sentía muy sola.

–Crecí en un pueblo de menos de diez mil habitantes. Así que la ciudad nunca me ha atraído demasiado –contestó, evadiendo la respuesta.

–Pues, en mi caso, es todo lo contrario –inclinó la silla, balanceándose en las dos patas de atrás–. Me volvería loco en un sitio como éste.

–Ahora tendrás oportunidad de ver qué pasa –dijo ella, mirándolo.

–Ajá –dijo él y bajó la silla–. Es lo que pensé cuando se cayó el árbol. En realidad, lo que pensé fue que si llegaba vivo al día siguiente me tendría que quedar por aquí unos días. El camino está totalmente obstruido.

–Sí, me parece que sí.

–Lo siento, de verdad.

–Bueno, si no te molesta tener que compartir la cabaña conmigo, tenemos suficiente comida para una semana y el agua no es un problema cerca de un lago.

–¿También hay lago?

–¿No sabes que estamos en Minnesota –dijo ella, mirándolo con incredulidad–. ¿La tierra de los mil lagos?

–Ah, sí. Donde los hombres huelen a pescado y parecen osos, ¿no?

–Algunos sí –rió ella, pensando en ciertos pescadores y cazadores que había conocido.

–¿Qué haces aquí por la noche –preguntó él, recorriendo la cabaña con la mirada–, quiero decir, además de morirte del aburrimiento?

–Leo. Revelo las fotos. Hay varios rompecabezas en la biblioteca.

–Qué más se puede pedir –dijo él con ironía–. Supongo que Internet será demasiado.

Un poco irritada, ella no se molestó en responder.

–Me lo imaginaba.

Intentó no hacerle caso mientras él, inquieto, recorría la estancia, tocando esto, levantando aquello, calentándose las manos en la estufa. Pero costaba trabajo no hacerle caso a un guapísimo hombre de metro ochenta y pico en una cabaña de veinte por veinte sin televisión ni radio ni modo de salir de allí.

–¿No quieres poner a secar la ropa? –le sugirió–. He puesto una cuerda en el rincón.

Le dio un poco de pena ver lo torpe que era colgando su ropa en perchas y en la cuerda. Obviamente tenía empleadas que se ocupaban de ello, pero no estaba dispuesta a tocar sus cosas personales. Sin embargo, acercó sus botas al fuego para que el calor secase el cuero.

–¿No tienes cartas? –le preguntó él cuando acabó.

–Ahora que lo dices, creo que he visto una baraja –dijo ella. Revolvió en un cajón y encontró un maltrecho mazo de cartas que tiró sobre la mesa.

–¡Salvado!

–Considera ésta una oportunidad de conectar con tu ser interior.

–¡Qué idea más espeluznante! –dijo él con un gruñido, agarrando la baraja.

–Generalmente lo es –asintió ella, lavando los cacharros de los dos mientras él barajaba las cartas. Ella había comido antes

–¿Qué te parece un poco de gin?

–Lo siento. Charlie sólo tiene whisky.

–Y buenísimo, por cierto. No, me refería al juego, el gin rummy. Podrías forrarte a mi costa, porque soy tan malo jugando a las cartas como haciendo de Robin de los Bosques.

–Entonces, paso. No me parece justo aprovecharme de ti.

Él se limitó a sonreír y siguió mezclando las cartas.

–¿El solitario es seis filas o siete?

–Siete.

–Estaba seguro de que lo sabrías.

Le pareció que la forma de decirlo era insultante.

–¿Qué quieres decir con ello?

Él levantó la vista y, al ver su expresión, levantó las manos con un gesto de paz.

–No quiero decir nada, excepto que como sé que pasas mucho tiempo sola cuando estás haciendo un reportaje, imagino que a veces te sentirás un poco aburrida. El solitario es la cura universal para el aburrimiento, ¿no?

Ella no dijo nada y agarró el atizador para acomodar los leños en la estufa.

–De veras, no quise decir nada. Y, sólo por curiosidad, ¿qué crees que quería decir?

Que era tan aburrida que nadie quería estar con ella, eso era lo que ella había creído. Que si tenía que elegir entre ella y una baraja, un hombre optaría por las cartas, dentro o fuera de la cama, eso era lo que había pensado.

Su fracaso en Nueva York, la había espoleado a lograr el éxito. Y su vida amorosa había sufrido en el proceso. Las dos relaciones más o menos serias que había tenido acabaron en nada. Sus reportajes fotográficos con frecuencia la obligaban a viajar por largos períodos de tiempo y era un poco difícil mantener una relación en la distancia. A pesar de que le gustaba la idea de tener alguien especial, todavía no había encontrado al hombre que estuviese dispuesto a aceptar ni su forma de vivir ni que la carrera de ella iba primero. Además, nunca había podido olvidad a Web del todo.

A pesar de ello, su vida era agradable, sólo que el tipo de trabajo que hacía impedía que pudiese encontrar alguien con quien compartirla. Había dejado atrás su fracaso en Nueva York y proseguido adelante. Pero había pensado en Web Tyler con demasiada frecuencia a veces.

Y, de repente, él se encontraba allí. Su primer y gran fracaso profesional y uno de los momentos de su vida en que había pasado más vergüenza se conjugaban en aquel hombre. Bastaba que se presentase en su vida nuevamente para que ella reaccionase igual que cuando era una ingenua pueblerina de diecinueve años. ¡Qué imbécil! Nunca había logrado olvidar aquel beso. Y, sin embargo, no había ni un gesto de reconocimiento en el rostro de él. Claro que entonces ella pesaba diez kilos más, llevaba gafas y el pelo corto, pero sin embargo...

Molesta, echó otro tronco al fuego y se quedó mirándolo mientras se limpiaba las manos en las perneras de los pantalones. Él sólo intentaba charlar para pasar el rato y ella se comportaba como una grosera. Y el que ella no le contestase hacía que la mirase como si fuese una extraterrestre.

–¿Gin, has dicho? –dijo, ella, apartando una silla para sentarse frente a él. Estaba decidida a demostrarse a sí misma que se podía comportar como una adulta además de ser un poco más amable con él.

Él se sorprendió, sonriendo luego. Una sonrisa satisfecha, divertida, que hizo que ella sonriese un poquito también.

–Te advierto que soy un mal perdedor.

–Genial –dijo ella–, porque yo soy una ganadora insoportable.

–¿Cortas? –dijo él, poniéndole la baraja por delante.

–Da las cartas –le miró las manos, seguras y expertas, repartir las cartas y se preguntó cómo pretendía engañarla.

–¿Cuántos puntos de ventaja me das?

–Esto no es golf, Tyler, no se da ventaja.

–Con que eres dura, ¿eh?

–¿Porque no te doy ventaja?

–Porque con lo guapísima que eres –sonrió–, tienes un aspecto sanguinario. Me vas a desplumar, ¿verdad?

–Sólo si haces trampas –dijo ella, consciente de que él ya había comenzado a hacer trampas. Guapísima. Una palabra que ella nunca había asociado consigo misma. Dudaba de que él la dijese en serio.

–¿Yo, hacer trampas? ¡Nunca! –dijo él y la malicia le hizo brillar los ojos, demostrándole a Tonya que, llegado el momento, él sería capaz de cualquier cosa. Tendría que tener cuidado.

Los ojos se le iluminaron cuando ella sacó una carta y luego se descartó. Él se apropió de la carta que ella se había descartado con expresión de júbilo.

–¿Sabes? –rió ella–, para ser un empresario, no tienes demasiada cara de póquer.

–Pues me alegro de que esto sea gin en vez de póquer. Además, esto no es trabajo. Es placer, puro placer –dijo, con un tono de voz que hizo que ella lo mirase, sin antes dirigir una rápida mirada a la cama.

Oh, Dios, la había pillado. Por supuesto que sí. Los ojos masculinos brillaban súbitamente de curiosidad. Tendría que tener cuidado con lo que decía y hacía frente a él, porque si no, volvería a meter la pata y se moriría de vergüenza.

–¿Juegas o no? –dijo de mala manera, desquitándose con él.

–Impaciente también –comentó él, y le guiñó un ojo–. Me gusta cuando las mujeres lo son.

Antes de que ella pudiese pensar si lo que él le había dicho tenía alguna connotación sexual, él puso todas las cartas sobre la mesa y se descartó.

–Gin rummy.

–¡No me lo creo! ¿Tan rápido?

–Quizá deberías cortar tú la próxima vez –él volvió a sonreír y aunque a ella le hubiese gustado poder acusarlo de algo, no había nada siniestro en su gesto.

No le tenía nada de confianza ni a su forma de jugar ni a sus flirteos, porque estaba claro que él estaba flirteando con ella.

–Quizá lo haga –contó sus puntos en silencio y los apuntó.

Y quizá la próxima vez que él le pidiese que lo entretuviese se dejaría llevar por su instinto y le diría que no, en vez de dejarse llevar por la pena que le causaba aquel chico de ciudad que tendría que parecer ridículo con aquella ropa enorme pero que, por desgracia para ella, estaba guapísimo. Para comérselo, con aquella calma y seguridad.

Había algo en aquella oscuridad, aquel aislamiento que lo hacía parecer un poco peligroso. No es que tuviese miedo de que la atacase físicamente, pero lo que sí temía era que le rompiese el corazón nuevamente. Por eso prefería la soledad.

–¿Qué te parece si lo hacemos más interesante?

–¿Un céntimo el punto?

–¡Hala!, eso es mucho, ¿no?

–Claro. Como si no tuvieses bastante dinero como para apostar esa cantidad. Si llegas a mencionar un contrato exclusivo, se acaba el juego.

La expresión de culpabilidad le indicó que eso era lo que tenía en mente, aunque lo negase.

–Ni se me pasó por la cabeza.

–Ja, ja. ¿Qué fue entonces?

–¿Qué te parece que si gano, te acompaño mañana mientras trabajas?

–¿Por qué? –preguntó ella, meneando la cabeza.

–Curiosidad, supongo –dijo él, encogiéndose de hombros.

–¿Sobre los osos?

–Eso también, pero me interesa más saber por qué una mujer hermosa e inteligente prefiere pasar su tiempo, todo su tiempo, por lo que me he enterado, desafiando la naturaleza cuando podría tener una vida regalada fotografiando modelos temperamentales en un estudio con aire acondicionados y rodeada de miles de los mejores restaurantes del mundo.

Tonya oyó poco más después de que él dijese lo de hermosa e inteligente. Y aquello iba después de lo de guapísima. Había dos motivos por los cuales Web estaría diciendo aquello. O pensaba que era hermosa e inteligente, o deseaba hacerla creer que era hermosa e inteligente. La primera posibilidad ni contaba. Pero lo hacía. La segunda era más plausible, aunque menos excitante. Lo cual la llevaba a la pregunta: ¿Por qué? ¿Qué estaba tramando?

Quizá seguía pensando que podía convencerla de que firmase su precioso contrato. Quizá pensaba que camelándola conseguiría hacerlo.

Quizá realmente le causaban curiosidad los osos y le daba un poco de vergüenza expresar su entusiasmo. Un hombre que había viajado y visto tanto como él se sentiría un poco ridículo admirando algo tan poco sofisticado como unos osos pardos.

La idea de que él la considerase hermosa era demasiado descabellada como para que la tuviese en cuenta. Y, sin embargo, lo hizo. Aquello le molestó casi lo mismo que sus palabras.

–¿Quieres venir? No hay problema. Te llevaré mañana, tanto si ganas como si pierdes.

–Entonces, ¿qué apostamos? –dijo él con malicia.

En aquel momento ella decidió no tenerle ni pizca de compasión.

–El que pierda llevará el equipo fotográfico y las provisiones.

–De acuerdo.

–Para que lo sepas, te voy a ganar, Tyler.

No estaba dispuesta a volver a caer y enamorarse nuevamente de él, por más que Tyler tuviese aspecto cómodo y divertido con aquella ropa enorme de Charlie mientras se echaba atrás, haciendo equilibrio en dos patas de la silla y estudiando sus cartas.

Por más que cada dos por tres le viniese a la mente la imagen de los dos en la cama de Charlie, acompañados por un coro de muelles que gemían a la vez que ella. Ni siquiera se dio cuenta de que miraba a la cama de hito en hito hasta que lo oyó aclararse la garganta.

–¿Juegas o no? –le preguntó él, imitando el tono de voz de ella antes.

¿Por qué habría el destino hecho que la encontrase? ¿Qué había tenido Dios en mente para ella al dejar caer aquel árbol sobre el coche de él? ¿Cuánto le llevaría a ella recuperarse y poder volver a su vida normal?

Lo había hecho polvo. Le había ganado tres partidos consecutivos. Y ella había sido mucho mejor ganadora que él perdedor, que había gritado que ella hacía trampas para hacerla enfadar.

A pesar de que el hombro le dolía, Web esbozó una sonrisa en la oscuridad, acostado en el saco de dormir frente a la estufa. Si ella se hubiese salido con la suya, él sería quien estaría durmiendo en la cama y ella en el suelo.

–No me hagas recurrir a mi hombría –le había dicho él con una mueca totalmente teatral ensombreciéndole las facciones–. Yo soy el hombre, tú la mujer. Eso hace que seas más tierna, el sexo débil. Es mi trabajo dormir en el duro suelo y luego cazar un reno o un caribú para el desayuno mientras tú recoges la leña y masticas la piel de ciervo o algo igualmente primitivo.

–A ver, ¿el hecho de que te haya ganado quiere decir que tengo que soportar tus tonterías?

–Tienes que soportarla porque mientras yo estaba en el cuarto de baño tú saliste a la lluvia a buscar tu saco de dormir del cobertizo cuando te había dicho que esperases a que fuese yo. Me niego a que duermas en el suelo –había insistido él.

–De acuerdo –dijo ella, alargándole el saco sin insistir–, todo tuyo –dijo porque había decidido no discutir con él o porque vio en la expresión de sus ojos que él lo decía en serio.

Ella había desaparecido en el cuarto de baño y reaparecido con aspecto de adolescente, vestida con una camiseta enorme y descolorida que él había visto colgada de la puerta del cuarto de baño. Las braguitas de encaje lo habían distraído demasiado como para prestarle demasiada atención a la camiseta. Se metió en la cama tras pedirle que le echase otro leño al fuego y apagó el farol antes de que él se acostase. Se había cubierto con las mantas hasta la barbilla y nada más.

De aquello hacía una hora. Fuera, lo peor de la tormenta parecía haber pasado. La lluvia se había calmado un poco y el viento no era ya tan fuerte. Dentro, sin embargo, la electricidad cargaba el aire, rivalizando con el espectáculo que habían brindado los elementos más pronto.

Web Tyler, ejecutivo de una de las más ricas y prestigiosas editoriales del mundo occidental, un hombre que salía con mujeres famosas, que cenaba con reyes y dormía en palacios, se disponía a pasar la noche en el suelo de una cabañita llena de corrientes de aire como si fuese un boy scout. Llevaba unos pantalones lo bastante grandes como para que cupieran en ellos dos personas y en lo único en que podía pensar era en hacer que Tonya se metiese dentro de aquellos pantalones con él. O al menos se quitase los suyos.

Tampoco ayudaba demasiado que estuviese casi seguro de que él no era el único despierto. «Ricitos de Oro», la de sesenta osos en vez de los tres del cuento, estaba un poco inquieta, a juzgar por los crujidos de su cama cuando se movía. Ni un bostezo, ni respiración fuerte o ronquido suave, ni siquiera un profundo suspiro había procedido de la vieja cama desde que ella había echado su cuerpecillo sensual en ella. Y bien sensual que era. Al verla salir del baño para irse a dormir, había vislumbrado las generosas curvas bajo la camiseta gastada por el uso y los frecuentes lavados.

Se dio la vuelta y contuvo un gemido cuando le dio una punzada en el hombro al poner el brazo bajo la cabeza. El movimiento hizo que el aroma del saco de dormir le llegase a la nariz y que no pudiese abstraerse de él, del mismo modo que no podía olvidar la imagen de sus generosos senos marcados por la translúcida camiseta.

Era su aromo, suavemente femenino, delicadamente floral, excitantemente erótico. Olía un poco a repelente de mosquitos. Contuvo una carcajada al darse cuenta de que el repelente de mosquitos lo había excitado. Se quedó mirando el juego de luces y sombras del fuego en el techo. No lo podía entender, se dijo por enésima vez. Ella no era su tipo. Y ella no estaba buscando pareja. Él tampoco, por cierto. Estaba demasiado ocupado para comenzar una relación romántica, y ella nunca aceptaría, por otro lado.

La cama volvió a crujir y, sin poder evitarlo, se dio la vuelta a mirarla. Ella estaba de cara a la parad, dándole la espalda. Su cabello, ya seco, era una suave masa de rizos que le caía por la espalda, le recordaba el cabello de un ángel. La cuerva de su cadera formaba una provocadora elevación bajo la vieja manta y el valle de su cintura le hacía un fascinante contraste. Que llevase bajo su ropa de camuflaje lencería rosa le había quitado toda la agresividad y tornado vulnerable y tierna.

«No eres tan dura como quieres que crea, ¿verdad, cielo? Y tampoco tan indiferente a mis encantos como me quieres hacer creer».

Pero eso no era cosa suya. Lo suyo eran los negocios, se dijo, dándole la espalda. Seguramente se debía al aburrimiento de estar encerrado, aquel silencio infernal. Y la necesidad de que ella firmase el contrato para poderse marchar de allí de una vez por todas.

Entonces, ¿por qué sonrió al escuchar su profundo suspiro? No tenía ni idea.

Aquello no era lo suyo, aquella vida silvestre, aquel aislamiento. Y, sin embargo, una vez que había conseguido entrar en calor y llenado la tripa, la verdad es que se lo había pasado genial. Se había relajado. Por primera vez desde... ¡demonios, ni se acordaba de cuándo!

Se lo había pasado de maravilla jugando a las cartas con Tonya Griffin. Y ella se divirtió de lo lindo desplumándolo. Era una persona real, cálida, y, si la rotundidad de sus pechos y la dulce curva de su cadera no mentían, fértil.

«Vete a dormir», se dijo. «Piensa en mañana».

Tendría que acarrear todo el material y se temía que ella no sería generosa con él. ¡Maldición!

Entonces, ¿por qué sonreía cuando se durmió finalmente? Y por qué se sentía tan en paz consigo mismo y tan cómodo sobre aquel suelo duro como una calle de Nueva York?

Capítulo Cinco

Tonya abrió la puerta de la cabaña a la mañana siguiente. El cielo estaba de un límpido azul. Se deslizó silenciosamente afuera para no despertar a su «invitado». El canto de los pájaros le dio la bienvenida al bajar los escalones de madera. Carboneros y sitas rodeaban los comederos que mantenía llenos de semillas, y parecían viejos conversando mientras se alimentaban. Dos colibríes pasaron tan cerca que oyó el zumbido de sus alitas dirigiéndose a la botella de agua azucarada.

–¡Hala! ¿Qué ha sido eso?

Tonya se dio la vuelta de golpe y vio a Web en calcetines en el escalón superior. Se había puesto la camisa de franela de Charlie, que llevaba abierta sobre el pecho desnudo. Los pantalones de chándal grises que ella le había dado para que usase de pijama parecían deslizársele por las caderas. Su piel bronceada, su vello suave cubriendo un pecho y unos abdominales que podrían haber servido de publicidad para un gimnasio o ropa interior de diseño, le aceleraron a ella la sangre en las venas. Se volvió rápidamente a mirar a los colibríes mientras su corazón latía a la misma velocidad que aquellas alitas.

Dios santo, aquel hombre era fantástico. Pero también la había hecho pasar la noche en blanco en la cama de Charlie. Le había invadido su intimidad y despertado todas aquellas sensaciones que ella había conseguido mantener reprimidas durante mucho tiempo.

–Picaflores –dijo finalmente, intentando recuperarse–, colibríes de pecho rojo. Tendría que haberles quitado el agua azucarada porque ya es hora de que inicien su migración hacia el sur –se encogió de hombros–. Pero no he podido hacerlo. Son increíbles. Me encanta verlos volar y libar el agua azucarada y el néctar de las flores, perseguirse y luego desaparecer entre las ramas de los pinos como pequeños aviones.

Echaría muchas cosas de menos de los bosques de Charlie cuando se marchase. Los placeres habían sido múltiples y las sorpresas innumerables. Pero no era pensar en marcharse de allí lo que la hacía parlotear como una cotorra, sino el esfuerzo por evitar mirarle el pecho desnudo, y los labios, suavemente hinchados por el sueño. Hasta la sombra de barba era sexy, le daba un aire de chico malo. Se preguntó cuán malo podría llegar a ser si se lo proponía. Él bostezó y se frotó los ojos. Al menos uno de ellos había dormido. Le haría pagar por haberla mantenido despierta, en cuanto les diese de comer a los osos, que ya rondaban el borde del claro.

–Parece que los madrugadores están llegando a desayunar –dijo él, tras ella.

–Oh, hace bastante que están aquí, esperando con paciencia.

Un oso grande se irguió sobre sus patas traseras y les lanzó un rugido.

–Tu definición de paciencia no parece coincidir demasiado con la mía. No irás a meterte entre ellos, ¿no?

–Hemos llegado a un acuerdo –lo tranquilizó ella, dirigiéndose al cobertizo a buscar la comida–. Yo les doy de comer y ellos no me atacan. La cosa funciona bien. Pero tú mantente al margen.

–Si insistes...

Ella sonrió. Sabía que él no iba ni siquiera a asomar la nariz de la cabaña mientras los osos merodeasen por allí.

–Tenéis hambre, chicos, ¿eh? –dijo, al ver dos oseznos en un árbol. Chasqueó los dientes como oía que hacía la madre–. Ésos son Jenna y Barbara Bush... no, mira ahí arriba. Allí, a en aquel pino. Son los mellizos de Laura. Los ha hecho subirse allí hasta asegurarse de que no hay peligro y los deje bajar –sacó uno de los cubos y lo puso en el suelo, llenándolo con la mezcla–. ¿Ves aquellos dos grandes que están allí? Son Eisenhower y Nixon. Y el que tiene la cicatriz en el hocico es Agnew. Son tres de los machos más viejos.

–Parece una convención republicana –dijo él, con una risa ahogada–. ¿Y los demás, por qué no se acercan? ¿Habrá un seguidor de Clinton escondido por allí que los amenaza?

–Están esperando a que los mayores les den

permiso. No sé cuál es la señal, pero puedes estar seguro de que los osos la saben.

Se alejó, rellenó los recipientes de pienso y luego repitió el proceso, poniendo más cubos con comida en varios tocones, al pie de algunas rocas y en los comederos que Charlie había hecho con troncos caídos de cedro.

–Son unas criaturas magníficas, ¿verdad? –dijo él, cuando ella se acercó a cerrar el cobertizo.

Hablando de criaturas magníficas, cada vez que lo miraba lo encontraba más fascinante. Ahora era la expresión de su rostro, como un niño en un parque de atracciones. Estaba tan concentrado en el momento que no se había molestado en disimular su emoción. Su rostro reflejaba admiración y respeto por la belleza y el poder de la naturaleza en toda su gloria.

–Exactamente –dijo ella suavemente.

–¿Exactamente? ¿Exactamente, qué? –le preguntó él, mirándola intrigado.

–La expresión de tu rostro. Lo que expresa es exactamente el motivo por el que una mujer como yo se interna en los bosques, las selvas y los ríos infestados de serpientes. Se te mete en la sangre, se convierte en una pasión más que una profesión.

–Ajá –dijo él, asintiendo con la cabeza, pensativo–. Entiendo cómo puede suceder si uno puede prescindir de cosas básicas como el aire acondicionado, la electricidad, la tele...

Volvió a sonreír y adoptar su actitud de frívola sofisticación, pero durante un segundo, había compartido con ella aquella maravilla. Había comprendido su pasión. Y el hecho de que lo hiciese lo convertía en más humano, más real y más peligrosamente atractivo.

–Prepararé el desayuno –dijo ella, subiendo los escalones y pasando junto a Web–. Después tendremos que ponernos las pilas.

Web la siguió con la mirada. Dios, ¡tenía un trasero precioso! Lanzó un profundo suspiro para volver a la realidad. La rubia vestida de rosa de la noche anterior había desaparecido y Rambo había vuelto. Llevaba pantalones largos y se abrigaba del frío matinal con una sudadera con capucha verde. Y, además, calzaba botas con punteras reforzadas con acero. «Pero yo conozco tu secreto, muñeca», pensó, con regocijada suficiencia. «Tienes tu punto débil femenino, seguramente que tienes varios».

Lencería de satén y encaje. Lencería de satén y encaje color rosa. Y como la diminuta ropa interior había desaparecido del cuarto de baño, estaba seguro de que ella la llevaba puesta. Qué contraste más erótico. Lo estaba apartando de su misión. Su cerebro se comportaba de una forma extraña desde que había llegado allí. Quizá el árbol lo había golpeado después de todo.

Café. Necesitaba café para despejarse y poder concentrarse en los negocios. Estoicamente, la siguió para ver si podía conseguir algo de ella.

Ya había puesto a hervir el agua, pero la

menta y la manzanilla no le serviría aquella mañana. Se dirigió al rincón donde estaba su ropa colgada a ver si se había secado murmurando algo sobre la falta de café. Por suerte, la mayoría de las prendas estaban secas. Sus botas también. Seguramente que ella le tuvo pena, porque cuando salió del cuarto de baño vestido con su propia ropa, había una vieja cafetera al fuego.

–Dios mío –dijo él, inspirando el aroma–, creo que te amo.

–Ama a Charlie, mejor. Es de su alijo –bromeó ella, sonriente.

Estaba adorable cuando se le hacía aquel hoyuelo en la mejilla. Transformaba su rostro tanto que le llevó un momento darse cuenta de que ella intentaba contener una carcajada.

–¿Qué pasa? –preguntó, mirándose a ver si tenía la bragueta abierta.

–¡Qué equipo! ¿También tienes un sombrero de ala ancha, una chaqueta de ante con flecos y unas botas de serpiente en casa para jugar a los vaqueros?

–¡Eh! –exclamó él, haciéndose el ofendido. En realidad, se sentía de lo más ridículo con aquellos pantalones de loneta y la cazadora safari de marca llena de bolsillos con suficiente velcro como para causar escasez mundial. Él se habría puesto una sudadera y un par de vaqueros, pero Pearl le había elegido la ropa para aquel viaje y hecho la maleta–. Para que lo sepas, esto es lo que los pijos de ciudad usan cuando salen al campo.

–¿De veras? –bromeó ella, alargándole una taza de café.

–A C.C. Bozeman no le sentaría demasiado bien que te rieses de su ropa de montaña.

–Pues, supongo que si a ti no te molesta llevarla, ¿quién soy yo para criticar?

–Me siento demasiado agradecido por el café como para defender mi ofendido ego.

–Por cierto, deberías engrasar esas botas si quieres que no las traspase el agua.

–Sí –sonrió él cuando ella le volvió a lanzar una mirada a su ropa–, claro, si pensase quedarme por aquí y talar algún árbol, seguramente que lo haría.

–Eso me recuerda... ¿qué tal el hombro?

–Bien –dijo, porque le dolía, pero era tolerable–. Un poco agarrotado, nada más. Y, para que lo sepas, la ropa fue elección de mi secretaria.

Ella arqueó las cejas.

–También es mi madrina. Y se toma la responsabilidad de ocuparse de mí muy en serio. Me siento como el protagonista de una película de aventuras barata. Me falta el casco de explorador y el monóculo para estar listo para encontrar alguna tribu perdida del Amazonas.

Ella volvió a sonreír, aunque él se dio cuenta de que la había molestado un poco.

–Aquí desde luego que no –dijo ella y su mohín de enfado le encantó.

–No, aquí no –dijo, un poco sorprendido de que ella lo siguiese fascinando a pesar de que intentaba pensar sólo en los negocios–. Oye, sólo quería encontrarte, ofrecerte un contrato. Algo de lo que no vamos a hablar en absoluto –añadió rápidamente al ver que ella se disponía a protestar.

El sabor del café hizo honor a su aroma. Se sentó a la mesa para disfrutarlo y disfrutar también mirando a Tonya afanándose ante la cocina. Reconoció que era una actitud machista, pero le encantaba que una mujer atractiva le cocinase, aunque llevase el cabello atado en una trenza y se hubiese puesto otro de esos trajes de Rambo. «Caramba, Tyler, cómo has cambiado desde que la viste ayer», se recordó.

Se rascó la incipiente barba. Nunca se le había dado bien juzgar a las personas a la primera.

Tonya era atractiva e independiente, una chica sana y llena de energía. Y estaba claro que, si la ocasión lo requería, podía ser guapísima. Se la imaginaba con un vestido de alta costura, algo azul, quizá, que le hiciese juego con los ojos, escotado, ajustado... O color rosa. Algo de encaje con un escote muy pronunciado y la espalda al aire, un palabra de honor, que luciese aquel cuerpecillo sensual que ella escondía tan bien.

–¿Necesitas ayuda? –preguntó abruptamente para que su mente no se fuese donde no debía.

–Claro –dijo ella, dirigiéndole una mirada sorprendida por encima del hombro–. Puedes poner la mesa y servir un poco de zumo si quieres. Dime luego cómo te gustan los huevos.

–Como a ti te parezca, para mí está bien.

Mientras ella cocinaba, buscó los platos, los

vasos y los cubiertos y puso la mesa. Lo sorprendió lo cómodo que se sentía. Además de tener síndrome de abstinencia de cafeína, tendría que sentir nostalgia de su casa, pero no la sentía en absoluto. La verdad era que, dejando de lado la atracción que Tonya le producía, se sentía muy tranquilo y cómodo. Hizo una profunda inspiración. No estaba allí de vacaciones, por más que a Pearl le hubiese gustado lo contrario. Estaba allí para conseguir que ella firmase un contrato, utilizando los medios que fuesen necesarios. Sin embargo, suponía que no le haría daño relajarse un poquito, al fin y al cabo, quizá le resultase útil a sus fines.

–Normalmente no como demasiado a la hora del desayuno –dijo ella, llevando los dos platos llenos de huevos a la mesa y poniéndole uno delante–, pero quiero usar la comida de la nevera por si no vuelve la electricidad.

–¿Y puede suceder eso? –preguntó él, atacando el plato.

–Depende del número de tendidos eléctricos que se hayan caído y del tiempo que les lleve a las cuadrillas encontrarlos y llegar hasta ellos. Por cierto, ¿no tendríamos que ir hasta tu coche y ver si se puede hacer algo por él?

–Es siniestro total –dijo él, distraído, y se metió otro bocado de huevos en la boca–. ¿Qué les has hecho a estos huevos? Están deliciosos.

–Es el aire de montaña. Todo sabe bien.

–Dudo que ésa sea la razón. ¿Dónde aprendiste a cocinar?

–Ha sido la escuela de la necesidad, alimentada por el hambre... y acostumbrarme a disponer de pocos ingredientes. Llevo mis especias conmigo cuando viajo.

–Permíteme que repita que está delicioso.

Y ella también, pensó, cuando un bonito rubor le coloreó las mejillas. ¿Quién hubiese pensado que ella no iba a saber cómo recibir un cumplido? Y se notaba que le gustaban, lo cual le iba bien a él. También le dio que pensar. En aquel momento ella tenía un aspecto muy joven. De repente, le vino a la mente una imagen que primero fue borrosa y luego se fue definiendo, hasta que la tuvo totalmente enfocada. Se apoyó en el respaldo de la silla y la miró de hito en hito, mudo, mientras todo comenzaba a encajar.

–¡No me lo puedo creer!

–¿Qué? –preguntó ella, dándose cuenta de repente de su mirada.

–Te conozco. Dios mío. Todo este tiempo he tenido la sensación de que te conocía, pero no le presté atención. Trabajabas en mi empresa, ¿verdad? –añadió, al ver que ella no respondía, paralizada.

El rubor que teñía antes las mejillas de ella desapareció, reemplazado por la palidez. Sin mirarlo a los ojos, ella dejó el tenedor y se levantó rígidamente.

–¿Quieres más café?

–Hace varios años, ¿no es cierto? –prosiguió él, absolutamente seguro de que tenía razón.

–Te costó recordarlo, ¿eh? –dijo ella, lanzando un profundo suspiro mientras le llenaba la taza.

No había placer en su afirmación. En realidad, no expresó ninguna emoción.

Web, por el contrario, cuanto más recordaba, más se excitaba.

–Llevabas el pelo corto entonces, y gafas... ¿no te llamabas Tammy o algo por el estilo?

–Sí, porque tú me lo pusiste –sonrió ella, tensamente–. No te acordabas de mi nombre.

–La fiesta de Navidad –prosiguió él–. Jersey rosa, falda negra.

–Y demasiada juerga –dijo ella, justo cuando él recordó el resto.

Apenas se dio cuenta de que ella recogía los platos y los metía en el fregadero. De repente, recordó todo. Había llegado tarde a la fiesta anual de Tyler-Lanier. Estaba aburrido e intentaba esquivar a una abogada del departamento legal que llevaba semanas persiguiéndolo. Había visto a Tammy, Tonya, del otro lado de una estancia llena de gente. El sitio estaba a rebosar de gente que hablaba y se reía y bebía champán. La había visto un par de veces en los pasillos los meses anteriores. Era monísima y tímida, y era evidente que estaba coladita por él.

Y la noche de la fiesta... pues, estaba tan guapa y le había dado un poco de pena cuando le lanzó miradas esperanzadas. Y como lo había estado pasando mal huyendo de... ¿cómo se llamaba? Ah, sí, Rebeca, se había acercado a Tonya y se había ofrecido a llevarla a su casa. De paso, la había salvado de William Wycoff, que llevaba rondándola casi una hora.

Estaba adorable, con las mejillas sonrosadas y aquella mirada de admiración ciega en los ojos, pero demasiado tímida como para llegar a más, había pensado él. Pero se había equivocado.

El taxi se había detenido frente a la casa de ella, él se había despedido y, cuando quiso darse cuenta, tenía entre sus brazos a la mujer más tierna, adorable, deliciosamente perfumada que había conocido en su vida.

Durante meses, después de haber roto el abrazo y haberse forzado a separarse de ella con una sonrisa amable y divertida, se dijo que aquel beso no había sido nada, que la explosión de sensaciones que sintió cuando sus labios se unieron había sido fruto de su imaginación.

Pero la realidad era que ella lo había noqueado. Aquel beso inocente de erótica vulnerabilidad casi había hecho que la siguiese a su apartamento. Lo que podría haber seguido lo habría hecho muy feliz aquella noche, pero los remordimientos lo habrían atormentado a la mañana siguiente. Y a ella también.

Era una niña, al menos lo parecía, y se habría estado aprovechando de su ingenuidad. Pero la verdad era que aquel beso lo había sacudido, le había llegado dentro.

Él sólo tenía veintitrés años, pero unos experimentados veintitrés años, y sabía la diferencia entre un beso que quería decir: «vamos a pasárnoslo en grande esta noche» y otro que significaba: «vamos a pasárnoslo en grande toda la vida». El beso de Tonya había sido de los segundos, con mayúscula. Al sentirla dulce y entregada en sus brazos, había pensado en «para siempre». Había sido un momento breve de locura, pero le había dado un susto de muerte. Y le volvía a causar terror en aquel momento, al verla moverse, tensa, frente al fregadero.

–¿Por qué no dijiste nada? –le preguntó con sincera curiosidad ahora que había salido a la luz.

–A ver... déjame pensarlo. ¿Por qué no habré mencionado uno de los momentos que más vergüenza me han causado en la vida?

–¿Vergüenza? Tendrías que haberte sentido halagada.

–Saliste huyendo –dijo ella sin alterarse, colgándose el paño de cocina del hombro. Se apoyó contra el fregadero y lo miró de frente.

–Estabas... ¿cómo puedo decirlo con delicadeza?

–¿Achispada? –sugirió ella.

–Sí, quizá un poco. No quería aprovecharme de ti. Y eras una niña.

–Era tonta, eso es lo que era.

–Pero no tenías mal gusto para elegir hombres –bromeó él, para hacerla sonreír.

–Sí –dijo ella, con un bufido–, la arrogancia siempre me ha resultado excitante.

–¿Ves lo que te decía? –dijo él, y consiguió arrancarle una sonrisa.

–Entonces, ¿qué te pasó? Intenté encontrarte

después de las vacaciones para asegurarme de que estuvieses bien y me dijeron que ya no estabas en nómina.

La verdad era que había pensado tanto en aquel beso que había decidido que la única forma de sacárselo de la cabeza sería volverla a besar. Tenía la esperanza de que la segunda experiencia no fuese tan maravillosa como la que su mente había creado con el primer beso.

–Me despidieron. Una de las muchas víctimas de una reducción de personal.

–Ah, sí, ahora lo recuerdo. Fue un año muy duro –se la quedó mirando sin creerse que Tonya Griffin, la fotógrafa que todas las revistas querían tener porque era una de las mejores del mercado, fuese la misma chica que lo había hecho salir por pies hacía más de diez años.

También era increíble darse cuenta de que nunca se había olvidado de su dulce y desesperado beso y de los sentimientos que había despertado en él, sentimientos que lo habían turbado desde entonces. Sentimientos que creyó que nunca más sentiría... esa sensación de encontrar alguien especial. Algo que uno no sabía que existía antes de experimentarlo y sabía que su vida no sería lo mismo nunca después de hacerlo.

Había decidido pasarse sin ello y había creído entonces que su elección había sido la correcta. A los veintitrés no estaba dispuesto a sentar la cabeza, de la misma forma que no estaba dispuesto a hacerlo ahora. Entonces, fue porque quería disfrutar de la vida y las mujeres.

Ahora era porque no había encontrado a nadie especial. No había encontrado una mujer que lo hiciese perder la cabeza como lo había hecho la dulce Tonya, que le había entregado su corazón con aquel beso.

Además, no tenía nada que ofrecerle a una mujer como aquélla. Antes, si hubiese sido más listo, podría haberlo hecho. El tiempo lo había convertido en un cínico y la experiencia lo había endurecido. Con mirar a su familia, podía darse cuenta de que el matrimonio no era para él.

Pero necesitaba a Tonya Griffin profesionalmente, no se daría vencido e insistiría para que ella trabajase para la revista. Conseguir que firmase el contrato era cuestión de vida o muerte. Sin los dólares de Bozeman, *Naturaleza Magnífica* estaba muerta antes de haber nacido.

Ella carraspeó y él se dio cuenta de que su silencio la había puesto incómoda.

–Así que –dijo él, forzándose a volver a la realidad–, te lo montaste por tu cuenta.

–Por pura necesidad. No podía conseguir trabajo en Nueva York, así que me volví a mi pueblo a lamerme las heridas. Pero después me enfadé. Quería ser fotógrafa, así que lo hice. Hice reportajes fotográficos de bautismos, bodas y graduaciones. Lo que fuese con tal de ganar dinero. Además, sacaba fotos de naturaleza, de vida salvaje, mariposas, flores lo que fuese.

Agarró una mochila de un rincón de la cabaña y comenzó a meterle cosas dentro.

–Comencé a mandar mi trabajo a diferentes

publicaciones –prosiguió–, vendí algunas, luego hice algunas ventas más. Un día me llamaron por teléfono: una pequeña revista de vida salvaje de Wisconsin que quería que tomase una serie de fotografías para ellos.

–Y hasta ahora –concluyó él con una sonrisa, aunque se sentía molesto.

–Mira, recordar esto ha sido muy divertido, pero será mejor que nos pongamos las pilas si queremos aprovechar el día –dijo ella, cerrando la cremallera de la mochila–. Tengo muchas cosas que hacer antes de poder comenzar a sacar las fotos.

Estaba claro que a ella le molestaba la tensión que vibraba entre los dos igual que a él. Necesitaba distanciarse de la intimidad de la cabaña.

Él también necesitaba distancia, distanciarse de los recuerdos. Aquella vez, hacía un montón de años, se había jurado que le daría un segundo beso para poder archivar el primero de una vez por todas. Lo cierto era que lo que realmente deseaba era llevársela a la cama. Se frotó la áspera barbilla y, lanzando un silencioso juramento, la siguió hasta la puerta. Los días se le iban a hacer eternos.

Un mosquito lo picó en cuanto salió fuera. Unos días larguísimos en más de un sentido.

Capítulo Seis

Lo primero en el orden del día era ir a ver el coche de él. Algo metálico sobresalía del barro a unos cinco metros del vehículo aplastado. Tonya se acercó y lo desenterró.

–Al menos ahora sé qué es lo que le sucedió a mi móvil –dijo Web cuando ella se lo alargó.

Intentó encenderlo, pero ni la más avanzada tecnología podía soportar tanta agua y barro sin dejar de funcionar. Con una imprecación, lo tiró a través del parabrisas roto del coche.

–Está totalmente siniestrado –dijo Tonya, con los brazos en jarras, mirando.

–Me parece que ya te lo había dicho.

–Y el camino... –dijo ella, sin hacerle caso, meneando la cabeza–. Tendremos que esperar días hasta que alguien pueda llegar hasta aquí.

–Creo que eso también te lo mencioné.

Sí que lo había hecho. Y ella había tenido la esperanza de que estuviese exagerando. Desgraciadamente, había sido verdad. Estaban atrapados allí, sin poder salir. Antes quizá hubiese sido tolerable, pero el hecho de que él se hubiese acordado de ella, de la forma en que había hecho el ridículo, lo hacía insoportable. Y todavía le causaba más vergüenza que hubiese visto sus braguitas rosas. ¿Por qué no se podía quitar aquella tontería de la cabeza? Probablemente, por la intimidad que se veían forzados a compartir. Él había dormido en el suelo, compartido la noche con ella. Había comido de su comida. Ella lo había ayudado a desvestirse y le había tocado la piel desnuda al revisarlo. Dios santo, mejor que no pensase en aquello. Y mejor que no recordase el beso en el taxi de hacía todos esos años porque se sentía mareada y se le aceleraba el corazón como si hubiese sido ayer.

Él seguía siendo Web Tyler y ella seguía siendo Tonya Griffin. Y seguían perteneciendo a dos mundos totalmente diferentes, a pesar del rayo cósmico que había hecho que coincidiesen nuevamente en tiempo y espacio.

–Bueno –dijo, decidida a aguantárselas. Él se iría dentro de poco tiempo, se recordó, el camino no estaría bloqueado para siempre–. ¿Hay algo que quieras llevarte a la cabaña de aquí?

–A excepción del teléfono móvil –negó él con la cabeza–, todas mis pertenencias se encontraban en la bolsa y la mochila que traía.

–Entonces, vamos al lago y veamos cómo se encuentra la barca de Charlie antes de ponernos a trabajar. El viento era del este y la habrá sacudido de lo lindo.

–A tus órdenes –dijo él, siguiéndola–. Ve tú, que yo te sigo.

La molestó que él fuese detrás de ella. Nunca le había prestado demasiada atención a su aspecto, al menos hacía bastantes años que no lo hacía. Trabajaba duro y se vestía para ello. Pero ahora le molestaba mucho más de lo que debiese que cuando Web se marchase de allí la recordara de dos formas solamente: como la tonta chiquilla de diecinueve años y otra como la reina del bosque con las piernas llenas de moretones y la cara manchada de barro. Y lo que menos le gustaba de sí misma se encontraba justito delante de la nariz de él.

Si tuviese que elegir, Web se imaginó que el delicioso trasero de Tonya sería la mejor parte de su cuerpo y lo que, tarde o temprano, lo haría caer. Desde que se lo vio por primera vez cubierto por aquellos amplios pantalones de camuflaje, había tenido fantasías de llenarse las manos con aquellas dulces curvas.

Y no porque ella no tuviese otras cosas atractivas también. Su cabello, por ejemplo. Aquella trenza seguía siendo sexy, pero le había gustado mucho más como lo llevaba la noche anterior: un poco húmedo y rizado, suave como la seda. Además estaban sus ojos, azules como un cielo primaveral y sus labios llenos. Pensó en cómo resultaría chupar y lamer el zumo de aquella jugosa fruta madura.

Mejor sería que dejase de pensar en aquello, pensó, bajando un poco el ritmo de sus pasos.

Eran aquellos árboles, ese silencio. Y todo aquel tiempo libre para pensar en Tonya. Árboles, silencio y tiempo que lo meterían en un buen lío si no se controlaba.

Pensar que hacía menos de doce horas él era un tipo feliz. Bueno, feliz no, pero contento al pensar que tendría a Tonya Griffin para él solito, de modo que podría convencerla de que firmase un contrato exclusivo con Tyler-Lanier. Ahora tendría que esforzarse al máximo para no olvidar que su objetivo no incluía seducirla.

–¿Falta mucho? –gruñó, molesto consigo mismo por dejar que su mente entrase en un territorio al que se había prohibido acceder–. ¿Estás segura de que no nos hemos perdido?

–¿Cuántas veces vas a preguntar lo mismo?

–¿Y cómo sabes dónde vamos, a ver? No hay calles, ni señales. Ni siquiera unas miguitas, Gretel, sólo rocas y árboles y, ¡eh!, un lago –declaró, dándose cuenta de ello cuando salieron de la parte más densa del bosque a un claro que se abría hacia una enorme masa de agua.

–¿Estás contento ahora?

–La felicidad es algo relativo. ¿Estoy contento de que no estemos perdidos? Pues, sí. ¿Estoy contento de ver aquella barca contra aquellas rocas? Creo que no.

–Me temía que sucedería algo por el estilo –dijo ella con un suspiro–. El viento habrá levantado mucho oleaje y habrá roto la amarra. Gracias a Dios que soplaba hacia la costa, no afuera.

–No irás a hacer lo que creo que vas a hacer

–dijo, al ver que ella se estaba quitando las botas y los calcetines–. No es más que una vieja barca de aluminio.

–Tengo que ver cómo está –dijo ella y se deslizó por el estrecho embarcadero hasta meterse en el agua–. Charlie la quiere mucho.

Web estaba seguro de que se arrepentiría de ello, pero un gen machista levantó su fea cabeza y exigió que hiciese la pregunta:

–¿Necesitas ayuda?

Ella se dio la vuelta, haciéndose una visera con la mano y lo miró.

–¿Sabes nadar?

–Bastante bien.

Ella lo miró, sonrió y apartó la vista.

–¿Qué te parece si te llamo si te necesito?

Le parecía bien. Ahora que había salido el sol, hacía calor, pero era septiembre y se imaginaba que tan al norte el agua estaría bien fría en aquella época del año. Con los brazos en jarras, la vio caminar con el agua hasta las rodillas a lo largo de la costa dirigiéndose hacia la barca, que se encontraba a unos quince metros del muelle. Se dijo que no tenía por qué sentirse culpable. Aquél era su territorio y ella sabía perfectamente lo que hacía.

La proa parecía estar encajada en las rocas, pero las suaves olas la hacían cabecear y golpetear contra las rocas con un sonido hueco.

–¿Qué tal está? –gritó cuando Tonya llegó hasta allí y la inspeccionó rápidamente.

–Un poco abollada, pero parece que no se ha

roto. Tendré que achicar el agua antes de intentar sacarla de aquí.

Una cosa era mirarla dirigirse a la barca, pero otra muy distinta quedarse sentado mientras ella achicaba el agua y luego forcejeaba. Su orgullo masculino no le permitía quedarse de pie en el muelle sin hacer nada. Con un profundo suspiro, hizo de tripas corazón y mascullando un improperio se quitó la mochila de la espalda. Luego se quitó las botas y los calcetines, se enrolló los pantalones y miró fijamente el agua.

–Estoy seguro de que esto no me va a gustar –dijo y lanzó un agudo–: ¡Ay!¡ Ahhh! –al entrar al agua helada.

Contuvo el aliento y rezó para perder pronto la sensibilidad de los pies. ¿Cómo hacía ella para soportarlo?, se preguntó, temblando, mientras daba varios pasos rígidos. A fuerza de orgullo logró poner un pie delante del otro. Si ella podía hacerlo sin quejarse, también podía hacerlo él. Pero, ¡cuernos, qué fría estaba! Era como caminar por afilados cubos de hielo.

No necesitó mirar hacia donde se encontraba ella para saber que intentaba no reírse de él. Si hubiese sido al revés, seguro que él se estaría mondando del idiota que mascullaba improperios mientras se acercaba a trompicones.

–¿Estás bien? –le preguntó ella cuando llegó finalmente a su lado.

–Nunca he estado mejor –mintió él, con los dientes apretados, agarrándose a una cornamusa para enderezarse.

–Te agradezco la ayuda.

–No hay problema –dijo, sintiendo que se iría al infierno por tantas mentiras–, ¿qué hago?

–He achicado la mayoría del agua mientras venías, pero creo que sigue varada en las rocas. ¿Me puedes ayudar a empujarla hacia dentro?

–Por supuesto.

Fue un alivio salir del agua helada, pero sentía las piernas como dos maderos. No se querían mover en tierra firme. Claro que las plantas de los pies no estaban entumecidas del todo, así que sintió cómo cada roca se le clavaba al dirigirse renqueando hacia la proa.

–De acuerdo –dijo ella agarrando la borda de estribor–, a la de tres, levanta y empuja.

Él se agarró a la borda de la proa, se plantó firmemente sobre los pies y esperó la señal. A la de tres, empujó con todas sus fuerzas. Cuando la barca comenzó a moverse, también lo hizo él, o al menos a la parte de arriba de su cuerpo le dio igual que sus pies estuviesen fijos en el suelo. El resultado fue un bautismo instantáneo. Boca abajo, tragando agua, se debatió como un bacalao recién pescado en unos treinta centímetros de agua glacial. Su vida pasó frente a sus ojos, y también su necrología: «Trágico final de magnate multimillonario del mundo editorial. Se ahoga en dos dedos de agua, a escasos metros de una barca».

Sintió que un par de manos lo levantaban por los hombros y lo sentaban.

–¿Te encuentras bien?

Le llevó unos momentos recuperar el aliento y otros más poder mirar los divertidos ojos azules que no mostraban, en su opinión, suficiente angustia. Se secó el agua del rostro y viendo el mal reprimido regocijo de ella.

–Me alegra haberte alegrado el día.

Ella se tapó la boca con la mano para esconder una sonrisa... o una expresión de culpabilidad.

–No estaba varada, ¿no? –dijo, cuando se dio cuenta de lo que sucedía–. Me tomaste el pelo.

–Parecía que tenías deseos de ayudar –dijo ella, encogiéndose de hombros.

–Y te sentiste obligada a darme una oportunidad.

–Sus deseos son órdenes –se encogió de hombros nuevamente, con los ojos brillantes.

–Ajá –forzó una sonrisa–. Estuvo divertido.

–A mí me lo pareció –dijo ella, esbozando una cautelosa sonrisa– Y tú te lo has tomado bien.

–Me dieron un premio por ello en la escuela. Ayúdame a levantarme –alargó la mano.

Ella titubeó un instante, pero luego se la agarró con fuerza.

–Ahora te toca a ti, preciosa –dijo él, y ella se dio cuenta de lo que tramaba.

Antes de que pudiese librar su mano, él le dio un tirón y ella se cayó sobre él con un alarido. Cuando ella cayó, él le dio la vuelta y se encontró sentada en el agua.

–¡No te atreverás a hacerlo! –gritó ella, justo

antes de que él le apoyase la palma de la mano en la frente y la hundiese en el agua como se merecía.

Tonya emergió tosiendo y escupiendo agua. Se apartó el pelo del rostro y se secó el agua con las manos. A su lado, muerto de frío pero encantado consigo mismo, Web sonreía triunfal.

–De acuerdo –reconoció ella–, me lo tenía merecido.

–Desde luego que sí.

Ella no estaba segura de por qué se lo había hecho. Bueno, en realidad, sí. Su orgullo se había resentido desde que él la recordó besándolo en el taxi hacía doce años. Y su orgullo clamaba venganza. Así que, al verlo acercarse cautelosamente por el agua, había decidido que había llegado el dulce momento. No le había bastado con que él tuviese que soportar el agua fría y la difícil y dolorosa caminata por las rocas.

–Ya puedes considerarte un verdadero montañero –dijo, improvisando un motivo para su acción al ver que intentaba ponerse de pie.

–Oh, entonces era un rito de iniciación –dijo él sarcásticamente, sin creerla por un instante. El agua le chorreaba por el cuerpo y alargó la mano para ayudarla a levantarse.

Ella se la agarró, se levantó, pero él la soltó y cayó nuevamente sentada.

–¡Huy, perdona, se me habrá escurrido la

mano! –dijo él, pero no parecía arrepentido en absoluto–. ¿Quieres volver a probar? –ella lo sorprendió aceptando su mano nuevamente.

Al incorporarse, ella le enganchó un pie en la corva y dio un fuerte tirón, haciéndolo caer boca abajo con un gran chapoteo. Logró darse la vuelta sin ayuda esta vez. Sentados con el agua a la cintura, se lanzaron miradas de rabia.

–Mira, si vuelves a hacer eso... –dijo él.

–¿Qué? ¿Me dejarás aquí solita para que vuelva a la cabaña por mi cuenta?

–Ah, ya veo que la señorita juega sucio, ¿eh? –dijo él, captando la velada amenaza.

–Digamos solamente que sé cuándo llevo ventaja –dijo ella y comenzó a levantarse, pero él le dio un tirón del brazo y la hizo caer sentada nuevamente a su lado.

–No eres la única que lleva ventaja aquí, muñeca.

Él había bajado la voz, y también la mirada. Ella se miró. La camisa mojada no dejaba nada a la imaginación. Se le pegaba a los pechos y le marcaba los pezones, contraídos y duros. Tonya supo que el agua helada no era la única culpable de aquello. Web tenía mucho que ver también. Tragó y se forzó a mirarlo a los ojos nuevamente, justo antes de que él le diese un tirón hacia él y la besase.

¡Error, craso error!

Pero estaba tan furioso con ella, tan muerto

de frío y tan excitado, que le dieron igual las consecuencias.

Estaba deliciosa, con su cadera apretada contra la de él y sus pechos con sus puntas de diamante horadándole el pecho. Tenía los labios helados de frío y rígidos para protestar, pero cuando él le tomó la barbilla y la alentó a que la abriese para penetrarla con la lengua, encontró un suave y húmedo calor dentro. Dejó de pensar, dejó de temblar, sólo se concentró en sentir.

Con un profundo gemido de placer, la levantó, se la sentó en el regazo y, olvidándose del agua helada, se lanzó al beso como lanzándose en una caída libre desde un acantilado. Cayó como una piedra, devorándola como si fuese un helado, saboreando cada segundo, concentrado en la explosión de sabores y texturas y sensaciones.

En lo único en que podía pensar era en satisfacer su deseo. No había ningún deseo de venganza al hundirle la mano en el cabello por debajo de la trenza mojada para sujetarle la cabeza y así poder profundizar la caricia. No pensaba en absoluto en resarcirse cuando la apoyó sobre una erección tan enorme, que dejó en claro todas las dudas sobre el efecto que el agua fría tenía en la excitación del órgano masculino.

Y cuando ella gimió y abrió la boca más para iniciar un juego con su lengua, el placer que él sintió no tenía ninguna relación con ajustarle las cuentas a nadie y mucho que ver con el deseo que ambos sentían.

Dulce. Sabía que sería dulce. Durante todos aquellos años había recordado la exuberancia de su beso en el taxi, había deseado volver a experimentarlo desde entonces. La pasión de ella era tal como la recordaba y mucho más. A pesar de ser inexperta, la intuición la guió cuando llevaron el beso a otro nivel de profundidad que bien podría acabar con ambos desnudos y muy felices o ahogados en medio metro de agua.

Alguien tenía que comenzar a usar la cabeza, y parecía que era él, porque ella le había rodeado el cuello con los brazos y emitía suaves y eróticos gemidos de deseo. Con el corazón martilleándole en el pecho, él levantó la cabeza con un rugido y luego volvió a besarla rápidamente cuando ella siguió su boca con la suya.

–¿Y si nos vamos a la cabaña? –le acarició el cuello y apoyó su frente contra la de ella.

Ella hizo una temblorosa inspiración y lo miró un segundo antes de dar un salto.

–¿Qué demonios nos ha pasado? –preguntó, horrorizada. Se pasó la mano por el pelo y, para su desilusión, tironeó de la camisa y se la despegó de los pechos.

–¿No es algo que normalmente se llama «besar»? –dijo él, levantándose también, tan perplejo ante su súbito enfado que sólo supo mirarla de hito en hito.

Al ver la expresión acusadora de ella, su propio enfado aumentó.

–¡Eh, que tú también participaste activamente en el tema!

–Llevaré la barca remando hasta el muelle –le espetó ella, y caminó por el agua hasta la barca que se balanceaba.

Con los brazos en jarras, la vio subir por la borda, colocar los remos y comenzar a remar.

–No te preocupes por mí –murmuró al verla alejarse tan rápido que dejó una estela tras de sí–, me encuentro bien aquí. Volveré caminando, no hay problema.

¿Qué cuernos le pasaba? Ella había participado también, y de forma muy entusiasta.

Y ahora, él también estaba furioso. Tan furioso, que casi no sintió cómo se le clavaban las piedras en los pies mientras se dirigía a trompicones hacia el muelle.

Furioso consigo mismo por haberla besado. Furioso con ella porque se encontraba furiosa con él. Furiosa con el destino por haber hecho que coincidiese nuevamente con una mujer que tendría que haberse quedado en su pasado, como ella también lo deseaba.

No le gustaba que le gustase Tonya. No quería admirar su valor, ni reconocer que había sido lo que había sentido por ella hacía un montón de años lo que le había impedido que tuviese relaciones serias desde entonces.

La deseaba, pero deseaba más el contrato firmado. Al menos, intentó convencerse de ello.

Basta de jugar a los besitos con Tonya Griffin. Basta de imaginarse hacer el amor con ella en la enorme y ruidosa cama de Charlie. Basta de errores.

Capítulo Siete

Fue una caminata larga y silenciosa hasta la cabaña. Tonya no reconocería nunca, al menos delante de Web, que los escalofríos que tenía se debían no sólo a su ropa fría y mojada, sino también al beso que él le había dado. Se sentía furiosa consigo misma por ser tan tonta.

Potente. Ésa era la palabra que le venía a la mente cuando pensaba en él y su increíble boca, su lengua activa, sus manos, que le causaron un ansia y un calor increíbles, llevándola a echarle los brazos al cuello y abrazarse a él como si de su vida se tratase y hubiese estado ahogándose en un mar de necesidad. Necesitaba alejarse de él antes de ser ella quien sugiriese proseguir donde lo habían dejado.

–He cambiado de idea –dijo abruptamente cuando llegaron–. Iré a tomar las fotos sola.

–Bien –dijo él, sin mirarla.

Ella no supo si estaba furioso o sonriente, pero daba igual. Necesitaba marcar distancias y decidir cómo lo trataría de allí en adelante.

Tras cambiarse rápidamente de ropa, cargó con la cámara y la mochila y se marchó al bosque.

Qué ridículo, pensó, pasando por encima de un árbol caído. La culpa era de ella enteramente. Ella era quien se había burlado de él, lo había humillado y se quejaba cuando él se vengaba.

–Te lo merecías –masculló, y luego decidió bajar el ritmo de la marcha. Con el ruido que hacía, espantaría a sus posibles sujetos. Había recibido su merecido y ahora tenía que aguantarse.

Tendría que vivir el resto de su vida con el recuerdo de aquel beso increíble y de la sugerencia de él de que fuesen a la cabaña a acabar lo que habían iniciado.

Además, se dio cuenta, internándose más en el bosque, tendría que enfrentarse a él al cabo del día... sabiendo perfectamente que ella también quería acabar lo que habían iniciado.

El tiempo, la distancia y el espacio lo habían conseguido. Era lo que siempre necesitaba para aclarar sus pensamientos, se dijo Tonya al volver hacia la cabaña varias horas más tarde. No pensaba bien cuando se sentía presionada y Web llevaba casi veinticuatro horas agobiándola.

Su solitario paseo por el bosque había ayudado. No había tomado ninguna fotografía, pero había logrado tomar perspectiva del tema. El... incidente con Web no había sido nada serio, sólo algo momentáneo provocado por la adrenalina. Probablemente él se había arrepentido igual que ella por haberse dejado llevar, decidió, saliendo al claro donde se encontraba la cabaña. Se disculparía por haberse burlado de él y sugeriría que se olvidasen del... incidente.

Era más fácil pensar en ello de aquella forma. Era un término genérico que le restaba importancia. Si pensaba en lo específico, como su cálida y ansiosa boca cubriendo la de ella, la sensación de la fuerte columna de su cuello bajo sus manos, el tamaño de su erección contra su cadera... lanzó un gemido. Ojalá pudiese dejar de pensar en los detalles.

¿Qué le pasaba? Tendría que haberse olvidado de aquel beso ya.

–¿Del mismo modo en que lo hiciste hace doce años? –masculló. No tenía remedio.

¿No había aprendido la lección? Los hombres como Web Tyler no tomaban a las mujeres como ella en serio. Los hombres no la tomaban en serio, punto. Había tenido una o dos relaciones serias que habían durado hasta darse cuenta de que la idea de compromiso de ellos era que ella abandonase sus sueños por los sueños de ellos. Le había dolido que no la considerasen una igual y no tomasen su trabajo en serio. Le hizo mucho daño y le resultó más fácil concentrarse en sus fotos. Era su forma de evitar las complicaciones emocionales.

Como lo que se estaba cocinando con Web. Porque algo se estaba cocinando, tanto si lo quisiese como si no. Hablando de cocinar, se detuvo a unos pasos de la escalinata de la cabaña e hizo una profunda inhalación. ¿A qué olía? ¿A comida?

Miró las ventanas abiertas. La brisa mecía las cortinas. Una luz brillaba sobre el fregadero.

¿Luz?

Pues, al menos algo bueno había sucedido. Si la electricidad había vuelto, seguramente que pronto despejarían el camino y él podría marcharse y dejarla donde ella sabía desenvolverse sin problemas: el trabajo. Sola. Sin la clase de distracción que él la había causado. Eso era lo que quería, ¿no era cierto?

Era cierto, se dijo, sin hacerle caso a la sensación de pérdida en su pecho. Preparándose para lo que sería un enfrentamiento, se quedó mirando los escalones. Luego, haciendo una profunda inspiración, los subió y alargó la mano para abrir.

Web la vio emerger del bosque como una ninfa en ropa de combate. Al darse cuenta de que sonreía, dejó caer la cortina rápidamente y se forzó a no hacerle caso al estremecimiento de placer que sintió con sólo verla. Aquellos pensamientos lo llevarían derecho a la perdición. No volvería a caer. El beso había sido un error, lo sabía. Ella también lo sabía. Y ahí se acababa todo. Sólo podía tener una relación profesional con Tonya Griffin. Ya.

Eso era lo que había estado pensando toda la tarde. Los negocios. Necesitaba el contrato, no un revolcón, aunque no dudaba que lo segundo sería increíblemente placentero. Así que había mantenido las manos activas y la mente ocupada.

Total, que había sido un niño muy diligente y estaba más que contento consigo mismo, aunque reconocía que era una tontería inflarse como un pavo por sus pequeños logros. Lo único que había hecho desde que había llegado de la ciudad era meter la pata, así que lograr algo lo hacía sentirse feliz.

Tenía un montón de sorpresas para la señorita Griffin. No es que quisiese darle un gusto, se dijo, no. Lo que quería era asombrarla, recuperar su imagen de ser competente, en control.

Se apresuró a sentarse ante la mesa con una vieja novela del Oeste que había encontrado en uno de los estantes. Se acomodó en una silla, el tobillo de una pierna sobre la rodilla de la otra y estaba aparentemente enfrascado en la lectura, aunque en realidad no había leído ni una línea, cuando se abrió la puerta.

–Has vuelto –dijo alegremente, levantando la vista, la viva imagen de la tranquilidad.

De pie en el vano de la puerta, ella lo miró con expresión seria un momento y finalmente cerró la puerta tras de sí. Dejó caer su equipo en el suelo.

–¿Qué es esto? –preguntó con desconfianza, mirando la mesa.

Él la había puesto para dos y hasta la había adornado con una vela y un ramo de flores silvestres que había encontrado cerca de la casa.

–Digamos que es una disculpa por lo que sucedió esta mañana –sonrió él, titubeando lo preciso.

Se dio cuenta por su expresión de que ella no estaba segura de creerlo totalmente. Lo haría cuando descubriese sus otras sorpresas, así que no insistió.

–¿Cuándo volvió la luz?

–Oh, eso. Según creo, todavía no ha vuelto –simuló volver a interesarse en el libro y dijo, como restándole importancia–: Encontré un generador en el cobertizo y lo puse en marcha.

Llevaba toda la tarde esperando para decir aquello. Lanzarlo como si se estuviese descartando de algo que no le servía cuando jugaban al gin, como si no le hubiese llevado casi tres horas hacer que el maldito motor funcionase y no se hubiese destrozado los dedos en el proceso.

–¿Generador? ¿Hay un generador?

–En el cobertizo. Detrás de la leñera –dijo él, encantado al oír la sorpresa reflejada en su voz.

Ella no se había movido de la puerta, lo cual demostraba lo incómoda que se sentía. No sabía cómo interpretar que Web fuese dueño de la situación y que supiese algo que ella no sabía.

–¿Sabías cómo hacer funcionar el generador?

Antes no, pero ahora sí. Esperaba no tener que hacer más algo tan complicado en su vida.

–Pues... claro –dijo, dirigiéndole una mirada con un encogimiento de hombros que quería decir: «Después de todo, soy el dueño del cromosoma Y, ¿por qué no iba a saberlo?»

Con el ceño fruncido, ella se quitó las botas y luego puso la mochila sobre la mesa.

–¿Qué hacías en el cobertizo?

–Se estaba acabando la leña y fui a buscar un hacha. De paso, corté un poco.

«Es que soy un hombre muy viril, ¿sabes?»

Ella dirigió la mirada a la estufa y él escondió una sonrisa cuando ella se quedó mirando la ordenada pila de leña que había entrado.

–Oh, y saqué la comida para que tengan los osos cuando comiencen a venir. ¿Te parece bien?

La mano de ella se detuvo mientras sacaba una botella de agua de la mochila.

–¿Has dado de comer a los osos?

Él se volvió a encoger de hombros, simulando estar enfrascado en el libro.

–Imaginé que estarías cansada, después de caminar. Y remar –añadió, levantando la vista finalmente para lanzarle una sonrisa reflexiva.

Ella lo miró perpleja, confusa por aquella benevolencia, lo cual era exactamente lo que él quería. Por primera vez desde su llegada, le llevaba ventaja. Ahora, el remate.

–Oh, e hice la cena. El pescado se había empezado a descongelar antes de que encontrase el generador, un lucio, pone el paquete. Espero que se haya asado bien.

–Asado –repitió ella, boquiabierta.

–Con un poquito de perejil, mantequilla y limón. Y probé algunas de tus especias, ¿está bien?

–Ejem, sí. Está... perfecto. Creo... creo que me daré una ducha rápida.

Lo miró, pestañeó, abrió la boca como para

decir algo, se lo pensó mejor y se dirigió directamente al cuarto de baño, dejando una estela de perfume a repelente de insectos.

Web deseó dar saltos de triunfo, pero seguramente el ruido la habría hecho volver corriendo a ver qué pasaba.

Le gustaba aquello. Mucho. Le gustaba volver a estar en control, aunque control era otro de aquellos términos relativos. También le gustaba pillarla desprevenida. Había contado con el elemento sorpresa para lograrlo y, de momento había funcionado a la perfección.

Ahora, manos a la obra. Se dedicaría a cautivarla. Estrictamente negocios, por supuesto, y le presentaría la idea del contrato nuevamente. Mientras comían el pescado que ella no había tenido que cocinar. Tenía que confesar que la comida olía de maravilla.

Sí, señor. Estaba nuevamente en control. No volvería a meterse en territorio peligroso. No la besaría, ni siquiera pensaría en besarla. Tampoco pensaría en aquel cuerpo tierno y exuberante, ni en la dorada cabellera, ni en su boca, hecha para besar.

Se detuvo abruptamente. Hizo una profunda inspiración. Basta. Punto y final. Había demasiado en juego como para dejar que todo se fuese al garete.

Quince minutos más tarde, cuando Tonya abrió la puerta del baño, Web se dio cuenta de que estaba perdido. Dios, el perfume floral que salía de allí era tan femenino, tan seductor, que sintió que comenzaba a perder el control lentamente.

Cuando ella salió de la minúscula estancia con su dorado cabello húmedo suelto y su bonito rostro bronceado limpio y radiante, él sintió que la tierra se abría bajo sus pies.

Se había puesto un par de vaqueros viejos y desteñidos que ajustaban sus adorables curvas. Su jersey era rojo, algo ligero con cuello de cisne. Y también era ajustado. No tanto como los vaqueros, pero lo bastante como para lucir aquellos pechos increíbles que ella siempre intentaba esconder.

Él ya sabía la sensación que le causaba tenerlos apretados contra sí. Sabía que eran llenos y tiernos y conocía la forma de sus pezones cuando el frío los contraía. Deseaba saber cómo eran cuando se hallaban duros de deseo. Estaba totalmente perdido.

Al verla así, sólo podía pensar en que si entraba al cuarto de baño, encontraría las braguitas color rosa lavadas y colgadas en la barra de la ducha, lo cual le hizo preguntarse qué llevaría ella puesto ahora. ¿Sería encaje o satén? ¿Biquini o tanga? ¿Rojo, como su jersey? ¿Color rosa, como sus labios? ¿Negro, como su estado de ánimo?

Estaba perdidísimo, más que perdido.

El aspecto de ella era tierno, accesible e inseguro. De la cabeza a los bonitos pies desnudos.

«Contrato», pensó él. «Control. Negocios, importantes negocios».

–¿Te sientes mejor? –le preguntó, esforzándose por mantener una distancia cortés.

–Mucho mejor.

Ella rebuscó en una cómoda y sacó un cepillo con el que procedió a peinarse. El proceso lo hipnotizó: el cepillo pasando por el cabello largo y húmedo. Sus pechos contra el jersey al levantar ella los brazos. La grácil curva de su espalda y la redondez de su trasero cuando se inclinó adelante y volcó el cabello hacia delante para pasar el cepillo por la parte de la nuca.

¿Qué le pasaba? Había estado con muchas mujeres. Mujeres, que, al contrario de Tonya, se esforzaban por ser seductoras y sofisticadas, que sabían de qué iba aquello. Mujeres que no se sentirían heridas al final de una breve aventura. Algo que él no iba a tener con ella.

–Creo que el pescado ya está –dijo, intentando no ser presa del pánico. Sencillamente seguiría con su plan y se concentraría en convencerla para que firmase el estúpido contrato.

–Encontré un poco de lechuga, así que hice una ensalada también. Y puse unas patatas a asar.

Ella se enderezó y todo aquel glorioso cabello le cayó por la espalda como una cascada. Con la mirada clavada en él, entrecerró los ojos y, por primera vez desde entrar en la cabaña, no hizo ningún esfuerzo por disimular su reacción.

–¿De qué va todo esto, Tyler?

–¿De qué va qué? –preguntó, poniendo la ensalada sobre la mesa.

–Todo esto –abarcó con un gesto de la mano la cabaña–. Cortar y entrar la leña, darles de comer a los osos, hacer la cena. Me parece que ninguna de esas cosas es tu jurisdicción.

Tenía toda la razón del mundo. Excepto por lo de la cena, todo aquello le resultaba tan extraño como los sentimientos que intentaba combatir. Se calzó una manopla quemada y manchada y sacó el pescado y las patatas del horno.

–Jurisdicción. Una palabra que no oía hacía rato.

Ella se lo quedó mirando y se cruzó de brazos. Los ojos masculinos se dirigieron como un rayo láser a sus pechos. Lanzando un profundo suspiro, apartó los ojos y la miró a la cara.

–Lo reconozco –sonrió–, esto del bosque no es lo mío, pero, para tu información, soy un excelente cocinero. Comenzó con una investigación que hice para una revista de cocina que publicamos hace varios años y se convirtió en un hobby.

–De acuerdo, aceptado...

–Pero...–puso el pescado en el medio de la mesa y le retiró la silla, invitándola a sentarse, deseando que lo hiciese en su regazo–... ¿por qué me molesté con lo otro?

El silencio con el que ella le respondió le indicó que había dado en el clavo.

Se encogió de hombros y se sentó, sirviendo los platos mientras hablaba.

–Puede que te resulte sorprendente, pero no estoy acostumbrado a sentir que soy incompetente. Me pone de mal humor, como lo estaba esta mañana cuando te empujé al agua. Es mi forma de aplacar mi orgullo herido y disculparme por hundirte en el agua. Me pasé un poco.

–Pues... –dijo ella, titubeante, y luego acercó su silla a la mesa–, ya que eres tan amable, yo también me disculpo. Por tenderte una trampa. Estuve mal –se miró las manos, entrelazadas en el regazo y se encogió de hombros–. Mi orgullo también estaba un poco herido.

De acuerdo. Había llegado el momento de sonreír con generosidad, poner expresión apaciguadora y cambiar de tema para hablar de otra cosa, como por ejemplo, el contrato. Pero el pulso se le había acelerado en cuanto se sentó junto a ella. Las palmas de las manos habían comenzado a cosquillearle de deseo de acariciar aquel pelo sedoso y húmedo.

–¿También debería disculparme por besarte? –le preguntó súbitamente.

Ella levantó la cabeza de golpe. Parecía tan tensa como él se sentía. Y, si no se equivocaba, estaba tan excitada por el recuerdo de aquel beso como lo estaba él. Tragó, se humedeció los labios y luego inclinó la cabeza hacia su plato.

–El pescado parece delicioso –dijo.

Él le miró la coronilla un momento, sabiendo que ella tenía razón. Mejor sería que no recordasen el beso. Y sin embargo, sintió una inexplicable sensación de pérdida.

–Buen provecho –le dijo, tomando el tenedor para comer.

Tonya se había levantado al alba, como era habitual. Hacía más de tres horas. Les había dado de comer a los osos y luego había revelado las películas en su laboratorio improvisado en el garaje de Charlie... y pensado en la noche anterior.

Web había sido el caballero perfecto. Hasta lavó los platos después de la cena, lo cual la sorprendió de veras. También fue divertido y correcto cuando ella le ganó nuevamente al gin.

Y no había flirteado con ella. Ni una vez. Tras darle las buenas noches se había metido en el saco de dormir y santas pascuas. Lo cual estaba bien, se dijo con el ceño fruncido y se preguntó por qué se sentía de malhumor.

«¿También debería disculparme por besarte?»

Su pregunta la había perseguido toda la noche. ¡Qué cobarde al no responderle! Con un suspiro, puso las fotos que había revelado sobre la mesa de la cocina.

–Olvídalo –mascculló, mirando las fotografías. Finalmente logró perderse en las imágenes. Eran las tomas que le había hecho a Damien el día en que había llegado Web.

Se encontraba concentrada, muy contenta con lo que veía cuando Web entró en la cabaña.

–Creo que tendremos que racionar el uso del

generador –dijo él, secándose las manos con unas toallas de papel–. Usamos un tercio de la gasolina ayer y no sabemos...

Su voz se interrumpió al ponerse por detrás de ella, que sintió su aroma antes del calor de su cuerpo. A jabón y crema de afeitar y el maravilloso olor a bosque que traía de fuera.

–¡Qué maravilla!–dijo.

Ella lo miró por encima del hombro y vio que miraba las fotos.

–Sí. Estoy de acuerdo. Es maravilloso, ¿verdad?

–Me refería a las fotos. Eres... lo que has capturado aquí... ¡son increíbles!

–Damien es el oso que estaba fotografiando el día en que te presentaste.

–¿Cómo revelaste estas fotos? ¿Tienes una cámara digital y un ordenador y una impresora escondidas por algún sitio?

–¡Qué va! Yo soy fiel a mi Nikon F1. Prefiero el celuloide a lo digital. Y, en lo que a revelar se refiere, monté un pequeño laboratorio en el garaje de Charlie en cuanto llegué.

–Una chica conservadora, ¿eh?

–Generalmente –dijo ella, que siempre tenía todo bajo control.

Desde ayer, sentía que cuando estaba junto a él no podía controlar nada. Él parecía estar bien, haber olvidado lo que había sucedido. Tenía que seguir su ejemplo. Su mente estaba de acuerdo. Lo único que tenía que hacer era que su libido y su corazón la obedeciesen.

¿Su corazón? ¡Su corazón no tenía nada que ver con aquello! Quizá le quedaba un poquito de recuerdo de lo que había sentido hacía años, pero eso era solamente...

¿Qué significado tenía que una mujer se enamorase de un hombre cuando tenía diecinueve años y siguiese pensando en él diez años más tarde? ¿Qué quería decir que el corazón le diese un vuelco al oír su voz, al sentir el contacto de su mano, al ver su sonrisa?

Aquello no era amor, seguramente que no, se dijo, luchando contra un pánico creciente. No podía ser amor. No podía. No permitiría que lo fuese.

Le lanzó una mirada rápida mientras él contemplaba las fotografías, sintió que se derretía al ver las recias líneas de su perfil y rápidamente apartó la vista. Las siguientes palabras que él dijo fueron el catalizador que necesitaba para recobrar la compostura.

–Son verdaderamente asombrosas, Tonya. Olvídate del sueldo que te ofrecí. Te lo doblaré si aceptas firmar el contrato.

Capítulo Ocho

Después de la increíble segunda oferta de él, a Tonya se le hizo más fácil mantener la distancia física y emocionalmente. Y los días siguientes logró hacerlo. Web no buscaba un romance, lo que quería era convencerla de que firmase con su empresa; después de todo, aquél era el propósito de ir a verla. Y el beso... pues, se habían dejado llevar por el momento. Un error, una anomalía.

La seguridad económica que él le ofrecía era tentadora, pensó, mientras, escondidos en un chamizo hecho con ramas y rocas cerca del último sitio donde ella había visto a Damien, esperaban a que el oso volviese a aparecer. Sí, el salario era muy tentador, pero porque la perspectiva de estar cerca de él la tentaba todavía más, se mantuvo en sus trece.

–No es necesario que estés aquí, ¿sabes? –susurró–. Yo estoy acostumbrada a esto y mis músculos también. Tú no.

–¿Intentas librarte de mí, Griffin? –susurró él con una sonrisa.

Tonya llevaba una hora intentando librarse de él, pero era más obcecado que una mula.

El encierro la estaba poniendo nerviosa. No

podía mover ni un dedo sin chocarse con él, no podía inclinarse hacia delante sin rozarle el hombro, no podía girar la cabeza sin chocarse contra su nariz. Al menos se había librado de su sensual loción para después de afeitarse porque le había dicho que no se pusiese para salir a fotografiar a los osos.

–Los espanta –le había explicado, aunque, a decir verdad, su efecto era más fuerte en ella.

–Es algo que no puedo comprender –reflexionó él ahora, como pensando en voz alta.

El sol se filtraba entre los enormes pinos y las sombras jugueteaban en su rostro. Tonya sintió que el corazón se le contraía y tuvo que contener el aire para calmarse.

–¿Qué?

–Vivir aquí. ¿Cuánto has dicho que lleva Charlie? ¿Cuarenta años?

–Más de sesenta.

–¿Cómo soportó la soledad, el silencio? Me refiero a que, sí, después de estar aquí un tiempo veo su atractivo. Es hermoso. El aire... es tan puro... pero... –se interrumpió, meneando la cabeza–. Es tan remoto. ¿Cómo no se ha sentido solo?

–Tienes que conocerlo. Es un hombre muy independiente, confiado, satisfecho. Además, no está solo las veinticuatro horas al día, trescientos sesenta y cinco días al año. Están los vecinos y la familia. Vienen a visitarlo, él va a verlos.

–Pero está atado a los osos.

–Adora a los osos, no los considera una obligación. Son su familia y disfruta con su compañía. No son complicados, no exigen nada, excepto lo básico.

–Comida.

–Y un sitio seguro –miró el sol poniente–. Damien no vendrá, deberíamos volver a la cabaña.

Él se puso de pie y le ofreció la mano para ayudarla a levantarse.

–Gracias –se soltó rápidamente mientras perduraba en sus dedos la cálida sensación de su contacto–. Deja, que yo lo llevo –dijo, al ver que él se echaba a la espalda la pesada mochila.

–Un trato es un trato –sonrió él–. Pero, ya verás que antes de irme te ganaré al gin.

–Entonces, mejor será que te des prisa –dijo ella, emprendiendo al marcha–, porque tengo la sensación de que despejarán el camino en uno o dos días.

Ya era hora, pensó mientras caminaban por el bosque. Web Tyler era demasiado. Un recuerdo constante de lo que le faltaba a su vida. Para una mujer era casi imposible resistir su masculinidad. Y mucho menos cuando él decidía ponerse en plan encantador, algo que no dudaría en hacer si pensase que con ello lograría hacerla firmar su dichoso contrato.

Web se hallaba sentado en los escalones de la cabaña mirando la puesta de sol. En los últimos quince minutos, los colores del oeste habían pasado del albaricoque brillante y el rojo dorado a un luminoso lavanda y un gris perla. Cuando la puerta se abrió tras él y Tonya salió, caía la tarde sin aspavientos, en un lento declive hacia la oscuridad.

La estrella polar apareció justo por encima de los árboles y la luna iluminó con su luz sepulcral la próxima noche mientras se escondía tras los flecos de etéreas nubes fantasmagóricas.

–Hacía muchísimo que no veía más que el cielo de la ciudad por la noche. Me había olvidado de lo hermoso que puede ser –dijo él, al sentir su presencia. Volvió la vista atrás.

–Es uno de los incentivos de mi trabajo –dijo ella, cruzándose de brazos y elevando el rostro.

–Reconozco las cigarras, pero, ¿qué es lo otro que se oye?

–Melodías nocturnas –dijo ella tras escuchar un momento–, sólo melodías nocturnas.

–Melodías nocturnas. Qué bonito.

Se puso de pie. Ella parecía tan joven de pie junto a él. Y tan hermosa. Había dejado de flirtear con ella porque se había dado cuenta de que ello le crearía problemas y se había esforzado por mantener una distancia profesional. Ella también. Era obvio el esfuerzo que ambos estaban haciendo.

Ella tembló, pero no solamente por el fresco. La tensión sexual tenía vida propia, señales propias. Señales inconfundibles. Y había habido muchas en los últimos días. Ambos habían jugado al juego de evitarse demasiado tiempo. Estaba cansado de luchar contra sí mismo, cansado de evitarla. Dejándose llevar por un impulso, la tomó de la mano y sin hacer caso a su expresión sobresaltada, la hizo bajar los escalones con él.

–Ya que la noche nos brinda una música tan hermosa, sería una pena desperdiciarla –cuando llegaron abajo, se dio vuelta hacia ella–. Baila conmigo –le dijo.

Antes de que ella pudiese reaccionar, la tomó en sus brazos y comenzó a moverse al son de un ritmo lento y cadencioso que oía en su cabeza. Ella pareció oírlo también, porque cuando decidió dejarse llevar, lo siguió como si hubiesen estado practicando el paso durante años. Pasaron varios minutos en los que se mecieron juntos, acostumbrándose al contacto del otro, a su aroma, el magnetismo que los unía.

–¿Qué estamos haciendo? –preguntó ella cautelosamente.

–Bailando, cielo, bailando nada más. Déjalo así, por ahora.

A su alrededor, la noche los cubrió con su manto. Él la apretó un poco más entre sus brazos.

–¿Por qué será –preguntó, mientras levantaba los brazos de ella para rodearse con ellos el cuello–, que he vivido toda mi vida actuando de forma metódica, y tras tres días aquí, me dejo guiar por los impulsos?

La abrazó por la cintura y la acercó a sí, apretando sus palmas contra las pequeñas caderas.

–¿Será el aire fresco? –sugirió ella con voz apenas audible.

–Puede ser, puede ser –rió él roncamente, apoyando su mejilla contra el pelo dorado.

Era muy extraño. Desde que se había cruzado con Tonya, se sentía vivo e impulsivo, como hacía años que no le sucedía. No estaba en la Sexta Avenida, donde él poder y el dinero siempre habían sido sus impulsores y su recompensa, pero se sentía lleno de vida. Dudaba que aquello tuviese algo que ver con el aire fresco.

–Me parece que es por otra cosa.

–¿Sí?

Ella era mucho más de lo que había supuesto. Era divertida e inteligente y, aunque constantemente intentase disimularlo, era hermosa por dentro y por fuera. Pero se había dado cuenta de que no se sentía solamente atraído por ella. Le gustaba. Le gustaba mucho.

Además de ser guapísima y sexy, era inteligente y dulce, y tan sincera que no podía evitar emocionarse con ella. Y ella no tenía ni idea de lo atractiva que era. También era una fotógrafa increíblemente buena. Sus fotos de los osos eran emocionantes, conmovedoras, hacían pensar que Tonya entregaba parte de su alma en cada foto.

Pero todo aquello no llegaba a representar lo que él creía que sentía por ella, había más. Ahora no quería pensar, arruinar aquel momento mágico.

La piel de ella brillaba dorada a la luz de la luna. Le tomó la barbilla y levantó su rostro.

–Sabes que te voy a besar, que lo necesito, ¿verdad?

El deseo que le nubló los ojos a ella como

humo le encendió la sangre. Fue como si un dique se hubiese roto dentro de él y una inundación de testosterona intensa y peligrosa aplastase su sentido común, haciéndolo desaparecer bajo una estela de deseo. Sin pensar en detenerse, le dio un beso carnal y profundo.

–Si no lo deseas, dime que pare –susurró contra los labios de ella–. Dímelo ahora.

–Para –murmuró ella, obediente, estrechándole el cuello con sus brazos y rodeándole el muslo con una pierna.

Él rugió y, hundiendo la mano en el cabello femenino, se deleitó con la sensación de aquella seda dorada. Con un suave tirón, le soltó la trenza y peinó sus mechones hasta que, liberado, el pelo corrió entre sus dedos como agua. Cuando ella gimió y se acercó más, él le deslizó las manos por el delicioso trasero hasta ponérselas detrás de los muslos y levantarla, haciendo que ella le rodease la cintura con las piernas.

–¿De veras quieres que me detenga? –susurró, besándole el cuello y mordisqueándole el borde de la barbilla antes de volver a tomar sus labios.

–No –suspiró ella y él subió los escalones del porche y entró en la cabaña. Besándola y acariciándola hasta que ardieron de deseo, cerró la puerta de un puntapié y la llevó hacia la cama.

–¿Estás segura?

–Estoy segura y quiero que dejes de hablar –dijo ella, con un sonido ansioso y ronco, acercándole la boca para volver a besarlo.

No necesitó volver a repetirlo. Las manos de

ella eran las que hablaban. Y su cuerpo. Y su increíble boca. Cuando Web dio con las rodillas en el borde de la cama, se dejó caer con ella, cuidando de no aplastarla bajo su peso. El viejo colchón cedió y los muelles se quejaron cuando la apretó contra la colcha con su cuerpo, buscando un sitio entre los muslos femeninos.

–Es una locura –murmuró, hundiendo su rostro en la dulce curva de su cuello.

–Estás volviendo a hablar –dijo ella, tironeándole de la camisa–. Se me ocurren cosas mucho mejores para que hagas con tu boca.

Con un gemido, él se puso de espaldas llevándola consigo y la ayudó con los botones.

–Ahora tú –dijo, al incorporarse para quitarse la camisa.

Tonya, maravillosa a caballo sobre él con el pelo alborotado enmarcándole el rostro, las mejillas ruborizadas y los labios henchidos por sus besos, cruzó los brazos frente a sí y, agarrando los bordes del jersey sin titubear, se lo quitó por encima de la cabeza.

Un calor ardiente le inundó la ingle al ver que su ropa interior no era color rosa, ni blanca. Su sujetador era de encaje negro, delicado y transparente. Sus pequeños pezones marcaban su pronunciado relieve contra la delicada gasa, a unos centímetros de la boca de él.

–Dulce Tonya –susurró, e incapaz de contenerse, movió su cabeza hacia aquella pequeña distancia para tomarla en su boca.

Ella emitió un leve gemido de deseo y se inclinó hacia él, ofreciéndole su pecho con desinhibida entrega. Él abrió la boca para apoderarse de aquella cálida mujer con sus dientes antes de meterse el pezón en la boca y chuparlo a través del encaje negro. Ella contuvo el aliento con una suave exclamación cuando él se alejó, siempre chupando, antes de soltarla. Con un leve empujón de la nariz, la alentó a que le ofreciese el otro pecho. Ella lo hizo, levantándose ligeramente sobre las rodillas y acercándose para que él pudiese tomarla totalmente en su boca. Le gustaba, y a él más todavía aquella ternura envuelta en encaje, aquella feminidad.

Ella lanzó un grito cuando la mordió suavemente y luego buscó el cierre de su espalda. Le soltó el sostén, lo agarró con los dientes y se lo quitó. Quería tocarle el pezón desnudo con la lengua, necesitaba sentir la piel contra su piel, ansiosa y húmeda, generosa y cálida.

Se inclinó adelante, sentándose y sujetándole la espalda para acercarla. La melena de ella cayó sobre su rostro, le acarició los dedos como oro hilado. La piel bajo sus dedos era suave como el terciopelo, en erótico contraste con las manos que se aferraban a sus hombros.

El ansia de ella le llevó la sangre a punto de ebullición y él se movió nuevamente, depositándola boca arriba y arrodillándose con ella entre las piernas para mirarla. Con el cabello desparramado por la colcha de percal y sus generosos pechos húmedos por sus besos, Tonya alargó sus manos hacia la hebilla del cinturón de él. Él gimió cuando sus dedos lograron desabrochar el botón de su cintura y lentamente le bajaron la cremallera. Ella lo acarició a través de los calzoncillos para luego apoderarse de él.

–No sabes lo mucho que lamento tener que hacer esto, pero tengo que ir a buscar algo –dijo Web con un gemido antes de levantarse de la cama e ir a buscar su neceser. Agradeció estar preparado para el sexo seguro y no salir nunca de su casa sin protección.

Al volver a la cama, ella se había desabrochado los vaqueros y estaba bajándose la cremallera.

–Ah, no, señorita, ése es mi trabajo –dijo él, arrodillándose a su lado.

Una leve sonrisa se dibujó en los labios de ella antes de ceder a sus deseos de una forma que le detuvo el corazón: levantó los brazos y los dejó caer con las palmas hacia arriba a ambos lados de su cabeza mientras levantaba las caderas levemente.

Él dejó el preservativo sobre la cama al lado de la mano de ella y luego se tomó su tiempo para disfrutar mirándola antes muy lentamente, muy deliberadamente, quitarse los pantalones y los calzoncillos. Luego alargó la mano hacia la cremallera de ella.

Cuando las fuertes manos masculinas se alargaron hacia la cremallera y la bajaron lentamente, cuando su cabeza se inclinó a depositar dulces y suaves besos sobre la piel que había descubierto y su lengua acarició su ombligo antes de seguir el camino de la cremallera, ella decidió no engañarse más.

Lo deseaba todo. Se lo merecía. Por una vez en la vida estaba en su derecho de hacer realidad su fantasía, con plena conciencia de ello. Era una necesidad, una necesidad mutua, y eso era suficiente por esa noche. Levantó las caderas con un suspiro y él tironeó suavemente de sus vaqueros para quitárselos. Abrió las piernas sin inhibiciones cuando él bajó la cabeza entre ellas para inspirar el calor líquido a través del trocito de encaje negro que la cubría.

Con otro hombre, habría sido tímida y le hubiese dado vergüenza, pero no con él. Lo conocía de innumerables sueños, de incontables fantasías. Confiaba en él, sabía que cuidaría de ella cuando la llevase a sitios donde nunca había estado y a los que deseaba ir desesperadamente.

Él abrió la boca y la tomó entre sus labios, despertando en ella un deseo como un relámpago, indicándole con un ronco gemido que le gustaba su sabor, su contacto, su calor. Y cuando le quitó las bragas con un tirón impaciente, ella creyó que estallaría de placer. Bastó un ligero toque de su lengua para que sintiese que estaba a punto de sufrir un orgasmo y le dio vergüenza sentir que volaba tan alto con tan poco estímulo.

–Web –le dijo, sin aliento, e intentó apartarlo.

Pero él no le prestó atención. Apartando las manos de ella, le abarcó los glúteos y la levantó hacia su hábil lengua. Entonces, ella se dejó ir, se entregó a él y a las sensaciones mientras él lamía y chupaba y, con generosa atención a la respuesta desenfrenada del cuerpo de ella, la elevaba hasta un orgasmo tan perfecto y tan poderoso que ella no pudo contener un alarido.

El corazón le latía descontrolado e intentaba recobrar el aliento cuando él trazó un sendero con sus besos por su cuerpo, deteniéndose con ternura en sus pechos antes de sellar sus labios con su boca. Sabía a sexo, a ella, al vino celestial que le acababa de dar mientras la besaba profunda y dulcemente y luego se apartaba lo justo para ponerse la protección.

Pero enseguida volvió, puro músculo y piel de satén. Con un suave y poderoso empellón la penetró y ella lo recibió, sin aliento. Y en la cama que se hacía eco de los sonidos de su amor, él la penetró una y otra vez, con un ritmo ancestral que la volvió a elevar a alturas todavía superiores a la primera vez.

–Por favor, por favor, por favor –le rogó ella entrecortadamente, susurrando su nombre.

Y luego volvió a volar, esta vez con él, cuando él le dio un último empellón y, hundiendo el rostro en su pelo, gritó su nombre como si fuese lo único que importaba en el mundo.

–Estás sonriendo –dijo Web, acariciándole la cadera desnuda y dándole un apretoncito.

Ella giró la cabeza en la almohada para mirarlo. La cabaña estaba a oscuras, sólo iluminaba sus facciones la suave luz de la estufa que habían encendido la última vez que se levantaron.

–¿Quieres compartir algo conmigo? –le dijo él, cuando ella sonrió más ampliamente.

Tonya no podía imaginar que hubiese nada que no hubiesen compartido. Habían vuelto a hacer el amor después de aquella increíble primera vez. Luego se habían levantado a comer algo y otra vez se habían metido en la blanda y ruidosa cama para comenzar nuevamente.

Tendría que estar exhausta, avergonzada de algunas de las cosas que habían hecho, pero no lo estaba. Se sentía eufórica, como nunca lo había estado en la vida. Por eso sonreía.

–¿No vas a decírmelo?

–Pensaba en lo que dijiste unos días atrás, que no estabas acostumbrado a sentirte incompetente. Pensaba en lo competente que eras.

Él le pellizcó la cadera y ella chilló.

–¡De acuerdo, más que competente! –dijo, volviéndose hacia él–. Estupendamente adecuado, maravillosamente adecuado.

–Pues, es que soy un chico –sonrió él–. Y lo que acabamos de hacer demuestra eso de por qué una chica necesita a un tío. Al menos una de las razones por las que lo necesita. Hay muchas.

Sí, había muchas razones, se dijo ella, pero con aquélla se sentiría satisfecha.

–Estoy contenta con ésta.

–Me lo imaginé cuando gritabas –rió él.

Ella se ruborizó de pies a cabeza.

–¡Eh! –dijo él, tomándola de la barbilla–. Fue hermoso. Estuvo hermoso. Eres hermosa.

La apoyó contra su hombro y descansó su barbilla sobre su cabeza. Fue uno de esos momentos perfectos de paz y ella sencillamente se entregó a él y lo disfrutó.

Casi se había dormido cuando él volvió a hablar mientras le acariciaba el pelo.

–¿Has pensado en aquella noche? ¿La noche de la fiesta de Navidad? Yo sí –dijo él, con voz ronca. Bajo la mejilla de ella, su corazón latía lenta y rítmicamente–. Recuerdo muchas cosas de aquella noche. Durante años he pensado en la forma en que me mirabas. Y en lo tierna que eras en mis brazos, en lo especial que eras.

–¿De verdad?

–Llevaba doce años queriendo besarte nuevamente.

–Ni siquiera me reconociste al llegar –señaló.

–Tienes que admitir que has cambiado mucho, muchísimo.

Era verdad, entonces llevaba gafas, pero hacía cinco años se había hecho cirugía láser en los ojos. Y llevaba el pelo largo. Y había perdido diez kilos. Sí, tenía razón.

–Además, yo venía con una misión, se puede decir que estaba concentrado en eso.

Ella se quedó muy quieta.

–Si lo que quieres es hablar del contrato...

–¡Epa! ¡Quieta, no sigas! –se levantó sobre un codo y la miró directamente a los ojos–. Al principio –reconoció–, todo fue por el contrato, no te lo voy a negar. Darle de comer a los osos, cortar la leña, cocinar la cena, todo. ¿Que si quiero que lo firmes? Desde luego que sí. Pero esto –dijo, inclinándose para besarla lentamente–, es por ti y por mí, y por algunos temas personales que quedaron sin resolver durante doce años.

–¿De veras pensaste en mí durante todo ese tiempo?

Web sonrió, encantado de haberla hecho olvidar el contrato. Lo fascinaba su inocencia. No se daba cuenta de lo deliciosa que era.

–Ajá. Me dije que si alguna vez te volvía a encontrar, te besaría para demostrarme que ningún beso podría haber sido tan bueno como el que compartimos en el taxi aquella noche.

–¿Y lo era? –preguntó ella y Web vio cómo un pulso le latía en el cuello.

De repente, sintió la garganta agarrotada y, cuando logró hablar, lo hizo en un ronco susurro.

–Fue incluso mejor. Y tú eres increíble.

–Web... –él le tocó con dos dedos los labios. Estaban suaves y húmedos, como la mirada de sus ojos, como las yemas de los dedos que le tocaban la muñeca.

–Acabamos de empezar –dijo, hundiendo su rostro en la palma de ella–. Lo sabes, ¿no?

Ela asintió contra su mano y luego se entregó a las dulces sensaciones que surgieron cuando él se volvió a colocar encima de ella.

Capítulo Nueve

Cuando Web se volvió a levantar, era de día. La noche anterior, era en su mente un agradable borrón de piel sedosa, suspiros y cálida entrega. Y ahora era la mañana siguiente.

Se sentó en la cama, y, al bajar los pies olió a café. ¡Qué cielo de mujer!

Se enderezó y al ver sus calzoncillos en el suelo, se los puso. Tonya no estaba por ningún lado. Mientras se servía una taza de café y tomaba su primer trago de cafeína para despertarse, se preguntó a qué se debería. ¿Se habría ido porque a ella tampoco le gustaban las mañanas siguientes? Apoyó la cadera contra el fregadero y miró pensativo la puerta cerrada de la cabaña. Si se sentía nerviosa, seguro que era porque le faltaba experiencia en el tema, no porque prefiriese evitar la situación.

La dulce Tonya de los pechos suaves y los leves suspiros. A pesar de ser exuberante y desinhibida y de responder de una forma increíble, no tenía demasiada experiencia en las artes sexuales. Sus reacciones habían sido demasiado puras, demasiado espontáneas y llenas de asombro como para resultar simuladas.

Por un lado, pensó, llevándose el café al cuarto de baño, donde su inmediata necesidad fue tomarse una ducha, se sentía halagado de haber sido el primer hombre que la iniciase en los placeres que habían compartido la noche anterior. Por otro, se sentía como un oportunista.

Su impresión de ella hacía doce años había sido totalmente correcta. Ella era una mujer de las que se comprometían para siempre.

Él no era de los hombres que se comprometían para siempre. Así de sencillo.

–¿Por qué no pensaste en ello anoche, cuando te dejaste guiar por tu libido? –masculló.

¡Mierda! ¿Qué había hecho?

Hubiese contrato o no, él iría por su lado y ella por el suyo, se dijo sombríamente mientras se metía bajo la ducha. Esperaba no haberle hecho daño. No había querido hacerle daño.

¡Nuevamente mierda!

Bueno, ya era demasiado tarde para volverse atrás. Con sólo pensar en estar atado a una mujer, se ponía nervioso. No servía para eso. Nadie lo era en su familia. Su abuelo había estado casado con su abuela durante cincuenta años, pero había tenido una amante tras otra. A su padre no se le había dado mejor la fidelidad con sus cuatro, ¿o eran cinco?, mujeres. Y su madre, ya fuese por deseos de vengarse de su padre o por motivos propios, también tenía su ristra de ex.

Su propia experiencia le había enseñado que nunca había considerado a ninguna de las mujeres con las que había estado como su compañera para toda la vida.

La puerta de la cabaña se abrió y cerró.

Web secó el vaho del pequeño espejo y se lanzó una mirada de rabia. Se sentía asqueado consigo mismo.

–Tenías que seducirla, ¿eh, macho? No podías contenerte.

Dando un suspiro, se ató la toalla a las caderas y sacó la maquinilla de afeitar. Ella se preguntaría si la habría oído, qué le diría él, qué sentía. Por ella. Por ambos.

Ahí estaba el quid de la cuestión: que no podía haber un «ambos».

En aquel momento, por más que lo pensase, no tenía ni idea de lo que le diría al verla.

Tonya oyó correr el agua en la ducha y lanzó un suspiro de alivio. Al menos, un alivio pasajero. La verdad era que estaba muy nerviosa. No había experimentado demasiadas «mañanas siguientes» en su vida y desde luego que jamás una noche como la que habían compartido en aquella cama.

Se ruborizó como una amapola. Se había acostado con Web Tyler y aquello le había parecido amor. Por supuesto que no lo era. Él era un hombre con experiencia y sabía estimular a una mujer. Un deseo ardiente partió de su pecho y le llegó al vientre al recordar un momento su increíblemente hábil boca. ¡Dios, sí que sabía estimular a una mujer!

Ella nuca había sido de esas mujeres que gritan. Pero claro, nunca había estado con él.

A la luz del día se sentía totalmente imbécil. Imbécil por haberse enamorado de él hacía doce años. Imbécil por haberse pasado doce años pensando en él. Imbécil por dejar que sucediese lo que había sucedido la noche anterior con sólo una mirada de sus ardientes ojos castaños. Lo único que le faltaría para ser una imbécil redomada sería volverse a enamorar de él. Gracia a Dios que no había sucedido, pensó, con una ligera opresión en el pecho.

Con un suspiro de preocupación, se dirigió al fregadero a lavarse las manos. Web abrió la puerta del baño y el teléfono sonó al mismo tiempo. Sobresaltada, porque hacía mucho tiempo que no se lo oía, dio un respingo. ¿O era porque ver a Web le recordó la noche anterior?

–Hola. Residencia de Charlie Erickson.

–Hola, preciosa.

–¡Charlie! –exclamó, contenta. Se lo oía mucho mejor que la última vez–. ¿Cómo estás?

–Muerto de aburrimiento.

–Buena señal.

–Tienes razón. Estoy perfectamente, pero no me quieren dar el alta hasta dentro de una semana. No sé qué de rehabilitación cardiaca o alguna otra tontería para sacarle más dinero a mi seguro médico.

–Me alegro de que te estén cuidando bien –dijo ella, sonriendo al oírlo protestar.

–¿Qué tal va todo? Hace tiempo que no me llamas.

Ella le contó lo de la tormenta.

–Me imaginé que sería algo por el estilo. ¿Encontraste el generador?

–Sí –dijo, lanzándole una mirada a Web, que se servía una taza de café–, funciona perfectamente. Con un poco de suerte no lo necesitaré demasiado tiempo más. Seguramente que ya volverá la luz ahora que el teléfono funciona.

Hablaron un rato sobre los osos, su mayor preocupación, y, después de prometerle que iría a verlo en cuanto despejasen el camino, Tonya cortó.

–¿Buenas noticias? –preguntó Web.

–Sí, parecía muy mejorado –era mucho más fácil hablar de Charlie que de la noche anterior.

–Con la edad que tiene... podría tener otro ataque. O no recuperarse lo bastante para volver. Me pregunto si habrá pensado en alguna solución a largo plazo para sus osos.

–Lo dudo –suspiró ella–. Y es un problema. Los osos dependen de él y lo seguirán haciendo mientras vivan en estos bosques. Los osos se pasan los recuerdos de generación en generación. En otras palabras –añadió, al ver que él la miraba con extrañeza–, los que comenzaron a comer aquí hace cuarenta años les pasan sus recuerdos a sus crías y éstos a sus crías y así sucesivamente. El ciclo nunca se rompe.

–Entonces, ¿siempre los tendrá que alimentar alguien?

–Desgraciadamente, sí.

–Y si Charlie no puede volver, o cuando se muera –al ver el gesto de dolor de ella, añadió–:

sé que es duro pensarlo, pero tiene ochenta años, los osos se quedarán solos.

–O no –dijo ella en voz baja.

–¿Estás de broma? –dijo él, conmocionado–. ¿Piensas seguir tú?

–Hasta que se me ocurra qué hacer –dijo ella, encogiéndose de hombros–. Yo también los conozco –señaló, al ver que él fruncía el ceño–. No los puedo dejar solos a sus propios medios. Sin alimento, buscarán comida cerca de los humanos, porque no les tienen miedo.

–¿Y las autoridades municipales? –preguntó él, pasándose la mano por el pelo–. Seguramente habrá una concejalía de recursos naturales o algo por el estilo que pueda ayudar.

–A menos que se trate de un oso herido o enfermo, dejan que la naturaleza siga su curso –negó ella con la cabeza–. Muchos de los osos se morirán de hambre y a otros los matarán de un tiro los cazadores o la gente protegiendo sus propiedades.

No comprendía. Se lo leía en los ojos. No comprendía cómo alguien podía vivir aquel tipo de vida, su vida. Y ahora se estaría preguntando qué lo habría llevado a hacer el amor con ella.

–Con respecto a anoche –hizo de tripas corazón–, fue muy especial para mí –dijo con delicadeza–. Y me encantó. No compliquemos el tema arrepintiéndonos y sintiéndonos culpables y analizando nada, ¿vale?

Web no supo si abrazarla, sacudirla o salir corriendo. Le había ahorrado el trabajo de decirlo él. Tendría que sentirse como unas pascuas, pero no lo estaba. No se le había pasado por la cabeza que ella sería quien dijera aquellas palabras. Él las había perfeccionado hasta convertirlas en un arte, a fuerza de repetirlas cada vez que dejaba la cama de una mujer.

Y ahora era una mujer quien se lo decía.

¿Por qué se sentía tan mal? ¿Por qué no le daba un abrazo y le agradecía que fuese tan comprensiva y que le ahorrase el mal momento?

«Porque te has enamorado de ella, macho». Se quedó tan alelado que no supo qué hacer.

Estaba enamorado de ella. Por primera vez en su vida se había enamorado.

Lo único que se le ocurrió fue alejarse de ella para poder pensar.

–Iré a mirar cómo va el generador –dijo con la garganta seca y fue directo a la puerta. Tenía que marcharse de allí, aclarar sus ideas.

Tenía el pulso acelerado y la respiración tan agitada cuando llegó al cobertizo y abrió la puerta, que tuvo que apoyarse contra la pared para no caerse.

–¡En buena te has metido, tío! –masculló en voz alta.

Se pasó una mano temblorosa por el rostro. ¡Se había enamorado de ella! ¡Era para darse de patadas! ¿Y ahora? ¿Qué iba a hacer? No había tenido demasiado tiempo para pensar cuando Tonya lo llamó a voces.

–¡Web! –gritó con tanta ansiedad, tanto dolor, que casi no reconoció su voz llena de pánico.

Salió corriendo del cobertizo y se la encontró cara a cara con el oso más grande que había visto en su vida.

–Es Damien –dijo ella, petrificada.

Web corrió hacia ella y la empujó detrás de sí, lejos de los peligrosos dientes y garras del oso. El animal se tambaleaba por el recinto como si estuviese borracho. Corrió hacia una roca, volcó un recipiente de comida y luego, irguiéndose sobre sus patas traseras, le dio un zarpazo a uno de los comederos para pájaros, tirándolo al suelo.

Al responder a la llamada de Tonya, Web había agarrado un martillo y ahora lo enarboló con la esperanza de que Tonya pudiese escapar.

–¡No! –gritó ella, llorosa, agarrándole la muñeca–, no le hagas daño, está herido. Mira.

El espeso pelaje estaba mojado en el hombro y sangre oscura y pegajosa manaba de una herida. El animal se dejó caer sobre las cuatro patas y dio unos pasos inseguros con la cabeza colgando y meciéndose de un lado al otro.

–Vete a la cabaña, corre. Trae el rifle de Charlie, que esto se puede poner feo. Está sufriendo mucho y atacará lo que sea. No dejaré que te haga daño. ¡Ve! –la empujó al verla dudar.

De repente, el oso se desplomó con un profundo gemido. Aunque el aire estaba fresco, Web sentía el sudor chorreándole por la espalda y humedeciéndole la frente cuando se acercó al animal caído. La sangre manaba de la herida a una velocidad alarmante. Se moría. Web estaba seguro de ello. Si no era por la hemorragia, sería por el choque postraumático.

–No podemos dejarlo morir –dijo Tonya.

Web sabía que lo único que lo salvaría sería un milagro.

Pero al verle el rostro a ella, bañado en lágrimas, con los ojos llenos de un dolor tan intenso y real que lo atravesó a él como un cuchillo, no pudo soportarlo.

–Ve a ver si Charlie tiene algún teléfono de urgencias veterinarias. Seguro que en cuarenta años habrá tenido que curar otros osos heridos. Diles que necesitarán un helicóptero, y que se den prisa, que les pagaré doble si llegan antes de una hora –mientras se acercaba al animal herido, Web la oyó hablar rápidamente por teléfono.

–Eres un imbécil, macho –se dijo al acercarse más al oso. A pesar de su condición, le podría partir el cuello de un zarpazo. ¡Las cosas que se hacían por amor!

El animal jadeaba rápidamente. Choque por pérdida de sangre. Web se dio cuenta de que si no detenía la hemorragia, Damien se moriría antes de que llegase la ayuda.

–De acuerdo, chavalote –dijo suavemente–, entre tú y yo, te confieso que los bichos grandes y peludos como tú no son mi especialidad. Básicamente, soy un cobarde, ¿sabes?

El oso lanzó un gemido que parecía humano. Un gemido de dolor.

–Quédate tranquilo, ¿vale? –dijo Web y, con el corazón acelerado, se arrodilló tras el animal–. Esperemos que ya te hayas dado cuenta de que intento ayudarte –quitándose la camisa, la hizo un lío y se la aplicó sobre la herida.

El oso levantó la cabeza y luego la dejó caer. Web casi devolvió lo que había comido, pero se quedó allí, apretando la camisa contra la herida, hasta que la prenda se empapó de sangre.

–Ya vienen –dijo Tonya en voz baja tras él. No la había oído llegar.

–Tráeme unas toallas –le dijo en voz baja.

Tampoco se dio cuenta de que ella se fuese o volviese, sólo supo que ella le alargó una toalla enrollada y entonces, levantando con cuidado la camisa, vio que la sangre manaba un poco más lentamente. La reemplazó por la toalla y esta vez apretó con todas sus fuerzas y rogó que el oso permaneciese desmayado. A los pocos minutos, el fluir de la sangre había disminuido.

–Eso es bueno, ¿verdad? –dijo Tonya ansiosamente tras él.

–Sí, sí. Es bueno –dijo él, rogando tener razón–. ¿Dijeron cuánto tardarían?

–Treinta minutos después de que les tripliqué los honorarios. Pagaré la diferencia.

No pudo evitar una sonrisa, pero se puso serio nuevamente al ver que la única señal de vida del oso era su entrecortado jadeo.

–Esperemos que lleguen a tiempo.

–¿Quieres que te reemplace?

–No te acerques. Podría recuperar la conciencia en cualquier momento y no quiero que te haga daño. ¿Qué te parece si pones alguna señal con sábanas o algo para que el helicóptero sepa dónde aterrizar? –preguntó, secándose el sudor de la frente con el brazo.

Un mosquito zumbó junto a su oreja cuando giró la cabeza para verla alejarse a la carrera hacia la cabaña. Los brazos comenzaban a temblarle y sudaba como un pollo cuando oyó la hélice del helicóptero. Siguió apretando hasta que el ayudante del veterinario lo relevó.

–Sólo nos queda esperar –dijo, apartándose mientras los profesionales hacían su trabajo.

Cuando el veterinario, que había llegado con un guardabosques del Departamento de Recursos Naturales pilotando el helicóptero, estabilizó a Damien, Web los ayudó a izar al oso al vehículo con una pequeña grúa y una hamaca para ganado.

–Si se salva, es por lo que hiciste por él –le dijo Tonya a Web cuando se quedaron contemplando el helicóptero que se alejaba. Lo llevaban a Minneapolis, donde lo esperaba el personal médico del Zoo para operarlo.

Él levantó la mano para echarse el pelo húmedo hacia atrás. La tenía llena de sangre seca. Lo mismo sucedía con su pecho y sus pantalones.

–Si se salva, será porque es un hueso duro de roer.

–Eso no es lo que dijo el veterinario –dijo Tonya, que no podía creer que Web hubiese arriesgado su vida para salvar la de Damien. Un oso herido podía ser un oso asesino. Web no tenía forma de saber si lo atacaría. Y ella se había quedado paralizada por el pánico a su lado sin ayudarlo.

–El tipo del Departamento de Recursos Naturales, Jack, ¿no? Creía que podrían averiguar quién fue el furtivo que le disparó si recuperaban el proyectil.

–Espero que lo pillen.

–Pues ya somos dos –dijo él, y se dirigieron a la cabaña.

–Has empezado a quererlos, ¿verdad? –le preguntó en voz baja. Una enorme emoción la embargaba. Los restos del miedo que había sentido por Damien y Web. Gratitud. Ternura. Y algo más fuerte, algo que no estaba dispuesta a reconocer que sentía por Web.

Él se quedó silencioso un momento mientras subían los escalones del porche y entraban.

–He empezado a quererte a ti –dijo una vez dentro, mirándola a los ojos.

Ella sintió que el corazón le daba un vuelco.

–Necesito darme una ducha –dijo él y se marchó.

Muda, con una opresión en el pecho, lo vio entrar en el cuarto de baño.

«He empezado a quererte a ti».

Con manos temblorosas, se dirigió a la cocina para poner agua a calentar.

Dios santo, ella también estaba dispuesta a reconocer que lo quería. Profundamente. Lo amaba. No podía negarlo más. ¿Sería demasiado rogar que tuviesen un futuro juntos?

Llamaron al teléfono antes de que tuviese tiempo de pensarlo más.

–Hola –dijo una voz femenina cuando atendió–, me alegro mucho de que por fin alguien conteste. Esperaba encontrar a Web Tyler allí.

–Web está en la ducha en este momento. ¿Quiere esperar o prefiere darme un número para que él la llame?

–¡No pienso colgar después de pasarme días intentando conectarme! Esperaré. ¿Es la señorita Griffin, por casualidad?

–Sí, efectivamente.

–Hola, querida. ¡Cuánto me alegro de poder hablar contigo finalmente! Soy Pearl, Pearl Reasoner, la secretaria de Web.

Y la madrina, pensó Tonya, sonriendo al oír la cálida voz de Pearl.

–Web ha hablado de usted.

–Oh, seguramente –rió ella–. ¿Cómo está nuestro muchacho? ¿Protestando y quejándose o ha seguido mi consejo y se lo está tomando con más calma?

–Yo diría que un poco de todo –dijo Tonya con sinceridad, oyendo que se cerraba el grifo de la ducha. Todavía tenía el pulso acelerado por lo que él le había dicho y por la expresión de sus ojos al decirlo.

Se dio la vuelta al oír la puerta del baño. Web salió con una toalla atada a la cintura. Llevaba el pelo mojado, gotitas de agua perlaban su pecho y sus ojos reflejaban algo que ella siempre había soñado ver cuando la mirase.

–Es para ti –le dijo, alargándole el teléfono–. Tu secretaria.

Siguió haciendo el té. No quería inmiscuirse, pero no pudo evitar oír lo que él decía. Sonrió al oír lo afectuoso que era al preguntarle a Pearl por su salud y se quedó pensativa cuando él habló de diferentes proyectos que evidentemente habían quedado en suspenso mientras estaba allí intentando hacerla firmar el contrato.

Cuanto más hablaba él, más obvio le pareció a ella que se había estado engañando. Era el Gerente General de una gran editorial, un hombre que cortaba el bacalao, cosmopolita hasta la médula. No tenía nada en común con una fotógrafa de animales que odiaba el asfalto y necesitaba los espacios abiertos para mantenerse cuerda.

No tenían ninguna posibilidad de un futuro juntos.

Un enorme peso le hundió los hombros cuando la realidad se presentó con toda su crudeza ante sus ojos. Sabía desde el principio que provenían de distintos mundos, que tenían diferentes deseos y necesidades. Sabía que en el mundo real, el amor no lo conquista todo.

Mientras él se enfrascaba en una conversación sobre cambios de personal y horarios, salió de la cabaña haciendo un esfuerzo enorme por contener las lágrimas.

Capítulo Diez

Web encontró a Tonya en el cobertizo, llenando recipientes con comida.

–Así que hablaste con Pearl –le dijo.

–Me pareció un encanto –esbozando una sonrisa forzada, ella abrió una bolsa y comenzó a sacar pienso con un cucharón.

Estaba callada, pensó Web. Demasiado callada.

–¿Pasa algo?

–Sólo preocupada –dijo ella, meneando la cabeza.

–¿Por Damien?

Una lágrima se le deslizó a ella por la mejilla sin que pudiese contenerla.

Él se le acercó y la tomó de los hombros, haciéndola mirarlo.

–Eh, no pasa nada. Es más fuerte de lo que piensas, ya verás cómo se repondrá.

–Sí –dijo ella, con la respiración entrecortada, apoyada contra su pecho.

Él la abrazó un momento. Fuerte y vulnerable a la vez, aquella guerrera se enternecía por un oso herido. Amaba con fiereza a aquellos que elegía. Y supo que ella lo amaba a él. Lo había sabido casi desde el principio, lo cual era perfecto, ya que él la quería también.

Deseaba decirlo. Deseaba oírlo. Aquél era el momento apropiado.

–Te quiero, Tonya.

Ella se quedó paralizada.

Él esperó en un silencio roto solamente por la respiración entrecortada de ella y el distante ronronear de algo que parecía un trueno, lo cual era extraño, ya que el cielo estaba límpido.

Finalmente la separó un poco, le apartó el pelo de la cara y la miró.

–Es inútil –dijo ella, meneando la cabeza.

–¿Inútil? –preguntó, sintiendo que lo embargaba una horrible sensación de náuseas–. ¿Te digo que te quiero y tú me dices que es inútil?

–¿Quieres que te diga que te quiero? –exclamó ella, con las mejillas coloreadas por el enfado–. ¡Vale, te quiero! ¿Y? ¿Qué logramos con eso?

Él se la quedó mirando y lanzó una risilla confusa.

–Pues, yo pensaba en algo como: «Y vivieron felices para siempre».

–¿Y has pensado en dónde, eh? ¿En Nueva York?

Él frunció el ceño y de repente comprendió a lo que ella se refería antes de que se lo dijese.

–Tu vida y la mía no conjugan, Web –dijo ella con ternura ahora, vencida–. Somos lo bastante inteligentes como para no engañarnos pensando que podremos encontrar un feliz término medio. Tú te sientes cómodo en la ciudad. Yo aquí, lo más lejos posible de los atascos.

Los ojos azules lo miraron suplicantes ahora y, a lo lejos, oyeron el inconfundible sonido de una máquina.

–¿No te das cuenta? Somos incompatibles por naturaleza. Hemos elegido vivir en mundos diferentes, y aunque me encantaría pensar que podremos encontrar una forma de contemporizar, sería una tonta si creyese que podría suceder de verdad. Y tú también.

Era difícil discutir contra la verdad. Tenía razón. Sabía que ella tenía razón, y, sin embargo, no podía darse por vencido.

–¿Tan poca fe tienes en nosotros?

Ella adoptó una expresión triste, cansada, resignada.

–Tengo poca fe en el amor. Nunca es suficiente. Seamos honestos, ¿quieres? Hemos pasado cuatro días juntos, dos de ellos peleándonos. Lo que sentimos, lo que creemos sentir, será totalmente distinto una vez que se pase la química inicial –le acarició la mejilla–. Lo siento –dijo, y luego pasó a su lado para salir.

Web no supo qué decirle. Tenía razón. Todo lo que había dicho era cierto. Todo, excepto una cosa muy importante: lo que él sentía por ella no iba a cambiar. La amaba.

La amaba demasiado para hacerla sufrir.

Vencido y triste, la siguió afuera. Un bulldozer y un camión habían llegado hasta allí, lo cual indicaba que el camino estaba libre. Si creyese en el destino, diría que aquello era un presagio indicando que todo lo que ella había dicho era cierto.

–Tienes cosas urgentes que resolver en Nueva York –le dijo ella con tan poca emoción en la voz que sintió miedo–. Le diré a los chicos que necesitas que te lleven a la ciudad.

–Déjate de preocuparte por mí, pequeña. Estoy viejo, pero no muerto.

Charlie tenía razón. Se estaba preocupando por pequeñeces. Lo sabía, pero no podía evitarlo. Él hacía cuatro días que había vuelto y, aunque estaba cada vez más fuerte, todavía se le notaban los efectos del ataque al corazón. Había perdido peso, estaba pálido y se cansaba pronto.

–Si yo no me preocupase por ti, ¿a quién le protestarías, se puede saber?

–Vosotras siempre creéis que no podemos arreglárnoslas solos –masculló él.

Tonya sabía que, en realidad, él disfrutaba de la atención que le brindaba su amiga Helga, la voluntaria del hospital, cuando aparecía de visita con comidas sanas que le había preparado, verdura y fruta para cuidarlo.

Sí, dentro de todo, las cosas iban bien. Charlie había vuelto a casa, el Zoo de Minneapolis había informado que Damien se recuperaba bien, que el proyectil no le había afectado ningún órgano vital. Y el Departamento de Recursos Naturales tenía una pista del cazador furtivo.

Ella había enviado sus últimas fotografías a su agente, que estaba negociando con distintas revistas de vida salvaje.

Sí. La vida era hermosa. La vida era fantástica.

Pero ella se sentía con el ánimo por los suelos.

Desde que Web se había ido, hacía dos semanas, hubiese querido hablar con él todos los días, decirle que sentía haber estado tan asustada de sus sentimientos, que había sido por culpa de su inseguridad, que encontrarían la forma de solucionarlo.

Después de que Charlie volviese a casa y le dijese lo que Web había hecho, sabía que tenía que haber alguna solución.

–No sabía quién era cuando me vino a ver al hospital –le contó Charlie, mientras ella escuchaba su relato boquiabierta–. Me explicó quién era, que había estado en la cabaña contigo y luego me hizo una oferta que no pude rechazar.

Web le había ofrecido tres veces el precio de la propiedad además de un acuerdo para que viviese allí y el proyecto de hacer una reserva para los osos en aquellos terrenos.

–Y la boca se te va a abrir más todavía cuando sepas que van a hacer un camino de asfalto –dijo Charlie, haciéndola volver a la realidad–. ¿A qué esperas para ir a buscarlo, pequeña?

Ella miró al cariñoso gigantón y se dio cuenta de lo intuitivo que era.

–Vete a buscarlo –repitió él–. Llamaré a

Helga para que venga. Entre los dos podremos ocuparnos de todo. Cuando me harte de oírla hablar de comida sana y ejercicio moderado y le diga que se vaya, me habré repuesto del todo. Venga, vete a arreglar las cosas –insistió.

Tenía razón. Tenía que arreglar las cosas. Esperaba que no fuese demasiado tarde. Lo abrazó.

–No le dirás que se vaya. Sabes perfectamente cuando algo es bueno. Además, te gusta.

Charlie lanzó un resoplido.

–Volveré –dijo ella, sonriente y corrió a poner cuatro cosas esenciales en una mochila.

Cuando dormía, si es que dormía, Web soñaba con el olor a repelente de insectos. Hacía una semana que había vuelto de Minnesota. Una semana en la que se había intentado convencer de que estaba feliz de haber salido de allí. Encantado de que fuese el ritmo de la ciudad el que regulase su vida nuevamente, en vez del cambio del viento y la salida del sol. O el canto de sirena de una rubia de ojos azules que no podía sacarse de la cabeza.

Ojalá pudiera dejar de pensar en ella, en el deseo que sus ojos reflejaban cuando habían hecho el amor, en la sensación de su piel bajo sus dedos, en el olor a repelente de insectos, que le parecía sentir en aquel momento. Qué tontería, si se hallaba sentado en su despacho en el piso veintiocho de sus oficinas de la Sexta Avenida.

Oyó que la puerta se abría.

–Ahora no, Pearl –dijo, sin levantar la vista.

–No soy Pearl. Y si éste no es un buen momento, esperaré a que lo sea.

Levantó la cabeza de golpe. Allí estaba. La mujer de sus sueños con sus pantalones de Rambo y sus rodillas despellejadas. Olía ligeramente, maravillosamente a repelente de insectos. Era lo más hermoso que había visto en su vida.

Allí estaba, pensó Tonya, el hombre de sus sueños. Sentado tras su mesa, tenía un aspecto sofisticado, distante, un poco demacrado y angustiado a pesar de su elegante traje de firma. Era lo más hermoso que había visto en su vida.

–Si he venido en mal momento...

–No, qué va –la miraba como si no supiese si salir corriendo, ponerse de pie o quedarse donde estaba. Finalmente se quedó allí, sentado, dueño de su terreno. Como Damien en el bosque. Y, sin embargo, el destino los había unido. Si había sucedido con aquellos dos machos de mundos diferentes, seguro que ella también podría sortear aquella distancia.

–¿Por qué te has ocupado del refugio de los osos? –preguntó, sin preámbulos.

–Pensé que sería una buena inversión algún día.

Ella se acercó a la mesa rogando que lo que veía en sus ojos siguiese siendo amor.

–Creo que lo has hecho porque eres un hombre bueno.

–No hay que creer los rumores que se oyen, siempre son falsos.

–Creo que lo has hecho porque tú, igual que yo, encuentras a los osos irresistibles. Creo que lo has hecho porque me quieres.

Web sintió que el corazón le daba un vuelco y se le cortaba la respiración un segundo.

–Me pareció mencionártelo –dijo, con el ceño fruncido–, pero no me hiciste caso.

–He venido a disculparme.

–¿Por?

–Por tomar decisiones sobre nosotros basándome en mis inseguridades.

Él se encogió de hombros, pero a pesar de su aspecto de indiferencia, algo en sus ojos le indicó que se hallaba más afectado por su presencia de lo que quería demostrar.

Se dio cuenta entonces del daño que le había causado.

–Lo siento. Siento no haber confiado en nosotros. Fui una imbécil al dejar que el temor a abrirme a un hombre que quizá no me acepte como soy me impidiese verlo como lo que es, un hombre honesto, formal. Un hombre a quien le puedo confiar mi corazón.

–Fui un tonto al irme sin intentar convencerte –dijo, tras un suspiro de alivio.

–Entonces somos dos tontos, dos personas inseguras en lo que amor se refiere. Te quiero.

Él cerró los ojos un momento con fuerza y luego sonrió.

–¿Por qué no vienes a decírmelo, entonces?

Ella no titubeó. Rodeó la mesa y, cuando él deslizó la silla hacia atrás, se sentó en su regazo. Rodeándole el cuello con los brazos, se miró en aquellos ojos color café y sonrió.

–Podemos hacer que funcione. Ahora lo sé. Pero tendremos que hacerlo entre los dos.

–Nunca dudé que pudiésemos hacerlo funcionar –se quedó silencioso un momento–. Es necesario que sepas que tengo tanto miedo como tú. Quizá no sirva para eso de «fueron felices y comieron perdices». Siempre he pensado que carecía de lo que se necesita para ofrecerle un futuro a una mujer.

–Es que yo no soy cualquier mujer.

–Tienes toda la razón del mundo, preciosa mía –rió él, apoyando su frente en la de ella.

–Y tú no eres ya el mismo que eras cuando llegaste a Minnesota.

–Ahí también estás en lo cierto. Creí que lo que necesitaba era un proyecto que me revitalizase y resultó ser que te necesitaba a ti. Alguien que despertase todo lo bueno que hay en mí.

–Eres el mejor hombre del mundo.

La abrazó con fuerza, hundiendo sus manos en su cabello.

–Dios, cómo te he echado de menos –dijo con intensidad.

Ella sintió que los ojos se le llenaban de lágrimas, pero, como en muchas otras ocasiones, él la hizo sonreír nuevamente.

–Podemos hablar de mi maravilloso carácter

luego. En este momento, lo que necesito es tocarte. Toda, de la cabeza a los pies –aclaró, levantándola de su regazo. La tomó de la mano y la llevó con él hasta la puerta del despacho.

–Cancela mis citas de esta tarde –le dijo a Pearl, que sonrió al verlos pasar corriendo.

–¿Qué tal si cancelo las de mañana también, de paso? –preguntó, guiñándole el ojo a Tonya.

–Eso es lo que yo llamo una secretaria ejecutiva –dijo Web, sonriendo al llamar al ascensor–. Adivina lo que necesito antes de que yo me dé cuenta de ello.

–Yo también sé lo que necesitas –susurró Tonya cuando las puertas del ascensor se cerraron y él la tomó en sus brazos para darle un beso largo y profundo.

Tonya rió cuando Web bajó las cortinillas de la limusina y la tomó en sus brazos. Se besuquearon como adolescentes todo el camino hasta su piso en el Soho.

–No te hago el amor aquí mismo –le murmuró él, besándole el cuello y apretándola contra el asiento de lujoso cuero–, porque el viaje es demasiado corto y quiero tomarme mi tiempo.

–Me parece perfecto –dijo ella, hundiendo los dedos en el cabello masculino y acercándolo para besarlo en los labios–, porque tiempo es lo que me sobra.

Cuando llegaron a su piso y Web la llevó dentro, Tonya vio las manchas de color, el brillo del cromo, las altas y estrechas ventanas y el contacto de sus manos tironeándole los faldones de la camisa para quitárselos de los pantalones.

–Me pareció que habías dicho algo de tomarte tu tiempo –dijo ella con una carcajada mientras él intentaba desabrocharle la camisa.

–Tenemos toda la tarde. Y toda la noche para tomarnos nuestro tiempo.

–Y todo el día mañana.

–Y mucho tiempo que recuperar –dijo, los ojos oscuros de deseo–. Empezando ahora mismo –logró desabrochar el último botón–. Rosa. Gracias a Dios –dijo, al ver el sujetador de encaje bajo la camisa–.¿Sabes las veces que he pensado en ti en encaje color rosa y nada más?

–¿Cuántas? –le preguntó ella, bajándose la cremallera de los pantalones cortos y deslizándoselos por las caderas para revelar las braguitas a juego con el sujetador.

–Demasiadas. Ven aquí –le mordisqueó el hombro desnudo suavemente y la hizo caminar de espaldas hacia el dormitorio–. Veo que has estado trabajando mucho –le dijo entre beso y beso al ver el nuevo rasguño que tenía en la rodilla. Le dio un beso y otro en el moretón de su hombro–. ¿Algún otro sitio que necesite que le haga «sana, sana»?

–Aquí –susurró ella, señalando un sitio justo debajo de su barbilla–. Necesito un beso aquí.

Él obedeció de buen grado.

–¿Y aquí? –murmuró, empujándola de espaldas sobre la cama y yendo tras ella. Regándole de besos el cuello, bajó por la clavícula y frotó la nariz contra el borde del sostén de encaje.

–Mmmm. Sí. Aquí más que nada. También he soñado un poco.

Sin apartar la mirada de su rostro, le desabrochó el sujetador y luego, inclinándose, tomó un pezón entre sus labios.

La sensación fue tan fuerte que le quitó a ella el aliento. Sus labios la recorrieron por todos lados, sus manos se deslizaron por su piel desnuda. Una caricia suave, un ruego urgente.

–Te quiero –susurró él, volviendo al pecho femenino para chuparlo con fuerza. Ella sintió un tirón en el bajo vientre que intensificó su ansia, encendiéndola aún más.

–Necesito... Web... por favor. Necesito que estés conmigo. Y necesito que te quites la ropa.

Él rió al oír lo frustrada que estaba. Y a ella le encantó aquel sonido, le encantó la expresión de su rostro cuando él se arrodilló y se quitó la camisa.

–Eso tiene fácil solución –dijo, llevando sus manos al cinturón.

Ella lo ayudó con la cremallera y luego esperó lo que le parecieron años hasta que él acabó de desvestirse y se unió a ella en la cama.

Calor contra calor, piel contra piel.

Ella le hundió las manos en el pelo y lo acercó para un beso que fue labios suaves, húmedo calor y delirio. Y luego él se puso de espaldas y la levantó por encima de sí. Encontrando su calor con sus dedos, la acarició, volviéndola loca de deseo. Cuando él se estiró para buscar protección en le cajón de la mesilla, ella le sujetó la mano.

–Quiero tener tus bebés.

La emoción reflejada en los ojos de él le llenó a ella de lágrimas los ojos mientras él la deslizaba por su tensa erección y dejaba que lo recibiese en su seno. Luego le acarició los pechos con adoración mientras ella lo montó con un ritmo lento y sensual que acompañaba a las palabras que no podía mantener calladas más tiempo.

–Te quiero, siempre te he querido. Siempre te querré.

–No me puedo creer que tengas este jardín tan hermoso aquí arriba.

–Mi contribución al ecosistema –dijo él, feliz al ver la alegría de ella admirando su terraza.

–Así que, después de todo, te gusta la naturaleza, ¿verdad?

–Supongo que sí –dijo él, tomándola en sus brazos.

No podía resistirla. Estaba adorable con su camisa de vestir blanca, que era lo único que llevaba puesto. Ella apoyó la cabeza contra su pecho y lanzó un suspiro de felicidad.

–¿Sabes? –dijo él, inclinándose para besarle la coronilla–. Hay más de quinientas variedades de animales salvajes en Central Park.

–Eso he oído –dijo ella, mimosa–. Un sueño para cualquier fotógrafo de animales.

Él se puso serio de repente, la separó un poco y la miró a los ojos.

–Podemos hacer que todo salga bien, Tonya. No podré acompañarte a todos los trabajos que hagas, pero cuando pueda, iré contigo.

–Pues, como serás tú quien me haga los encargos, sabrás perfectamente dónde estaré. Es decir, si tu oferta sigue en pie –los ojos le brillaban de amor.

–No lo hagas por mí.

–Lo hago por nosotros. Y porque ya no tengo la necesidad de ser autónoma. Soy estrictamente un miembro de un equipo.

–Te quiero –le dijo él, abrazándola tan fuerte que ella se quejó de que le rompería un hueso–. Y, para tu información, tenías otras veinticuatro horas antes de que te fuese a buscar. Dime ¿qué tal si nos construimos una cabañita junto al lago para cuando vayamos a visitar a Charlie?

–Me encanta la idea –dijo ella, con los ojos llenos de lágrimas–. Me gusta todo de ti.

–¿Y si volvemos al dormitorio y me lo demuestras?

Ella se lo demostró. Varias veces antes de que llegase la mañana.

–Eres insaciable –le dijo él finalmente, con una risa exhausta–. Me temo que tendrás que esperar una media hora o así. A no ser que...

–¿A no ser que qué? –le preguntó ella, con los ojos brillantes al oír su tono malicioso.

–A no ser que hayas traído un poco de repelente de insectos. Cuando lo huelo, me pone a cien.

–¿De veras? –rió ella–. Eres un pervertido.

–Sí. Estoy totalmente chiflado. Loco de amor por ti. ¿Qué te parece si nos casamos?

Ella se levantó sobre un codo.

–¿Casarnos? ¿Lo dices en serio?

–Nunca he dicho algo más serio en mi vida.

–¿Y no te volverás atrás cuando recuperes la cordura?

–No, señora. No me volveré atrás.

–Entonces... –esbozó una sonrisa radiante–. ¡Sí! ¡Sí! ¡Sí! –gritó, lanzándose en sus brazos.

Quizá, pensó él mientras la besaba, eran tan locos los dos que juntos podrían hacer que aquello saliese bien.